Jinko Fuyuno

König der Inu

ROMAN

Aus den Japanischen von Cheyenne Dreißigacker

Titelbild und Illustrationen im Buch: Kuz Kuroda

HAYABUSA

König der Inu

INHALT

Kapitel 1

Ich bin anders.

Dessen war sich Ran Magami seit seiner Kindheit zumindest vage bewusst. Seine Haare waren schwarz, aber mit hellen Strähnen durchzogen. Und dann waren da noch seine Augen, die je nach Lichteinfall golden schimmerten. Ein Erbe seiner Eltern.

Niemand außerhalb seiner Familie hatte seine echte Augenfarbe je zu Gesicht bekommen. Seit er klein war, trug er seinen Pony lang genug, um seine Augen zu bedecken, und die eigentliche Farbe versteckte er mithilfe von Kontaktlinsen.

Ran wusste nicht, woher seine Eltern kamen oder ob er ihr einziger leiblicher Sohn war. Woher stammte seine Familie? Hatte er Geschwister, von denen er nichts wusste? Was waren seine Großeltern für Menschen? Niemand hatte ihm je davon erzählt – und er hatte auch nie nachgefragt.

Alles, was Ran wusste, war, dass sich seine Eltern irgendwann und irgendwo begegnet waren und sich ineinander verliebt hatten. Aus dieser Liebe war Ran entstanden, den sie wiederum bedingungslos liebten.

Ran hatte keine Ahnung, was seine Eltern beruflich taten. Nur dass seine Familie deshalb oft umzog und nie lange an einem Ort wohnte. Dadurch flog er unter dem Radar der Leute, schloss nie Freundschaften oder hatte Zeit, herauszufinden, was genau ihn so anders machte. In der Zeit war ihm nur bewusst gewesen, dass er sich von anderen unterschied. Und dass genau das wohl einige Probleme mit sich brachte.

Er selbst konnte mit seinem Anderssein gut umgehen und hatte es im Vergleich zu seinen Mitmenschen nur ein wenig schwieriger. Er war nie davon ausgegangen, dass es sich dabei um eine Sache von Leben und Tod handeln könnte.

Bis zu seinem achtzehnten Geburtstag, an dem seine Eltern ihm offenbarten, dass sie nicht länger zusammenleben könnten. Ran glaubte ihnen, obwohl sie ihm keine genauen Gründe nannten.

Erst später wurde ihm bewusst, dass seine Eltern ihn wohl sein Leben lang auf diesen Tag vorbereitet hatten. Sie hatten ihm alles beigebracht, was er ab dem Moment brauchte, an dem er auf sich allein gestellt sein würde. Sprachen zum Beispiel. Ran hatte genügend von ihnen gelernt, um überall auf der Welt klarzukommen. Oder wann man charmant sein musste, wann hinterlistig. Ran war klug, gerissen und wusste sich in den meisten Situationen zu helfen, ohne sich dabei selbst zu verlieren.

Ihm war immer klar gewesen, dass der Tag kommen würde, an dem er seine Eltern verlassen musste. Aber das machte den Abschied nicht leichter, als es soweit war. Er hatte sich bei ihnen immer geborgen gefühlt, egal, wie streng ihre Erziehung war. Die Liebe zwischen ihm und seinen Eltern war in all den Jahren unverändert geblieben.

Kurz bevor sich ihre Wege im neuen Jahr trennen sollten, gab sein Vater ihm einen Brief.

»Sobald wir uns verabschiedet haben, such den Ort auf, der in diesem Brief steht. Dort wirst du jemanden treffen, der dir in Zukunft helfen wird. Bis wir uns wiedersehen.«

Der letzte Satz ließ Ran lächeln. Eines Tages würden sie sich wiedersehen.

* * *

Ran trug einen alten Rucksack auf dem Rücken, der seinem Vater gehört hatte. Überbleibsel und Erinnerungen aus seinem vergangenen Leben. Er hatte Jeans und einen Pullover an und darüber einen knielangen Dufflecoat mit großer Kapuze. Sein Ziel war Shibuya – ein Stadtteil im großen, fernöstlichen Tokyo, wo er sich gerade befand. Er musste mehrfach umsteigen und beobachtete, einmal angekommen, wie die Leute in rauen Mengen an ihm vorbeirauschten.

Plötzlich keimte Übelkeit in ihm auf und nur mit Mühe konnte er sie unterdrücken.

»Ganz schön voll hier ...«

Er lief durch seinen Zielbahnhof, um an die frische Luft zu kommen, aber der Anblick draußen ließ ihn schwindelig zurück.

Die Menschenmassen allein waren es nicht, die ihm zu

schaffen machten. Zwischen den hohen Gebäuden und vielen Autos wirkte der Himmel weit entfernt. Mitten in der Stadt gab es kaum Grünflächen, und Ran bildete sich ein, dass ihm deshalb der Sauerstoff fehlte. Er drückte sich mit dem Rücken an die Wand des Bahnhofsgebäudes und hielt sich die Hand vor den Mund.

Irgendwas riecht hier ziemlich übel.

Seit seiner Ankunft in Tokyo spürte Ran dieses beklemmende Gefühl in der Brust. Bisher hatte er es als Reiseübelkeit abgetan und angenommen, dass es sich legen würde, sobald er in Shibuya ankam. Aber je stärker der Geruch wurde, desto schlechter ging es ihm. Was war nur los mit seinem Körper? Er war bereits in einigen asiatischen Großstädten gewesen und hatte so etwas nie erlebt.

Ran hatte immer vermutet, dass seine Mutter Japanerin war. Mit seinen Eltern hatte er früher an vielen unterschiedlichen, asiatischen Orten gelebt. Japan war die einzige Ausnahme gewesen. Er war zum ersten Mal hier – und es war nicht schwer, zu erraten, dass seine Eltern dieses Land die ganze Zeit über absichtlich gemieden hatten.

Ran zog den Brief seiner Eltern hervor. Bis auf Datum, Uhrzeit, Ort und eine Telefonnummer stand nichts darauf: 10. Februar um 14:30 Uhr, Shibuya Bahnhof in Tokyo.

»Es ist erst zwei Uhr …«, murmelte Ran, nachdem er die Uhrzeit überprüft hatte. Er strich sich den Pony aus der schwitzigen Stirn.

Wie soll ich es noch dreißig Minuten aushalten, wenn es mir so mies geht?

Er wusste nicht einmal, was für eine Person er treffen sollte und traute sich nicht, die Telefonnummer zu wählen. Das Unbekannte machte ihm Angst.

Er hockte sich hin, den Kopf auf seine Knie gepresst. Als er ihn kurz anhob, um frische Luft einzuatmen, kribbelte es tief in ihm. Mit den Fingerspitzen berührte er seinen Bauch knapp unterhalb des Nabels und eine Gänsehaut breitete sich auf seinem gesamten Körper aus.

Hier stimmt irgendwas ganz gewaltig nicht!

Die Übelkeit hielt sich hartnäckig. Die Innenseiten seiner Oberschenkel begannen zu zittern und er bekam unheimlichen Durst. Sein Herz raste und seine Handflächen waren mit kaltem Schweiß bedeckt.

Plötzlich tauchte eine Gestalt vor ihm auf. Eine zweite folgte und dann noch eine dritte.

Der Schatten, der sich über ihn beugte, bewegte sich unruhig hin und her.

»Ist er das?«

»Was weiß ich, aber von hier kommt der Geruch. Ohne Zweifel«, kam es gedämpft von einem der anderen Schattengestalten.

Geruch? Welcher Geruch?

Ran hob seinen Kopf etwas an und schaute in die Richtung, aus der die Stimmen kamen.

Vor ihm stand ein Mann in einer Daunenjacke, die Hände locker in die Hosentaschen gesteckt. Er hatte strohiges, zu oft gebleichtes blondes Haar und ein spöttisches Grinsen auf dem Gesicht.

Ran hatte angenommen, dass es sich um die Person handelte, die er am Bahnhof treffen sollte, aber der eine Blick reichte, um ihn vom Gegenteil zu überzeugen. Außer dem Blonden waren noch ein Glatzkopf und einer mit Dreadlocks dabei, und die Atmosphäre, die die drei Männer umgab, wirkte gefährlich.

Sein Instinkt riet Ran, vor ihnen zu flüchten.

»Schau mal seine Augen! Sie sind golden!«

Rans Herz machte einen Sprung, als er an den Haaren gepackt und sein Kopf hochgerissen wurde. Kurz darauf stolperte der Blonde rückwärts von Ran weg und landete auf seinem Hintern. Irgendetwas schien ihn abgestoßen zu haben.

»Was zur Hölle, Mann?!«, rief einer der Männer.

Sie hatten wohl nicht mit Gegenwehr gerechnet. Die zwei anderen Kerle halfen dem Blonden auf die Beine, bevor sie Ran zusammen einkreisten.

Der seltsame Geruch um ihn herum verdichtete sich plötzlich. Übelkeit und Ekel stiegen erneut in ihm auf.

Ich muss hier weg, sofort!

Seine Reise durfte so nicht enden. Rans Körper bewegte sich wie von selbst. Aus der Hocke heraus drückte er seine Knie durch und entwich knapp dem ausgestreckten Arm des Glatzkopfes.

»Verdammt, du kleiner Pisser!«

Bevor die anderen beiden reagieren oder sich bewegen konnten, rannte Ran auf die Kreuzung. Just in diesem Moment schaltete die Ampel auf Rot um.

»Scheiße, der haut ab!«

Ran schaute sich nicht ein einziges Mal um, auch nicht,

als er lautes Hupen und quietschende Bremsen hörte. Er rannte einfach immer weiter die Straße hinauf und bog irgendwann nach links ab.

Ich muss mehr Distanz zwischen uns bringen, solange der Verkehr sie aufhält.

Ran war völlig orientierungslos in der fremden Umgebung. Umso schmerzlicher war ihm bewusst, dass er den Männern nicht entkommen würde, wenn er weiter blindlings ohne ein Ziel vor Augen durch die Straßen hetzte. Und nicht nur das – je länger er rannte, desto schwächer fühlten sich seine Beine an.

Der einzige Lichtblick war, dass seine Übelkeit langsam nachließ, je weiter er sich von den drei Typen entfernte.

Am oberen Ende der Straße hielt er an und zückte sein Smartphone. Ihm war nicht wohl dabei, aber welche andere Wahl hatte er, als die Nummer aus dem Brief anzurufen? Seine Eltern hatten sie ihm gegeben. Es war die einzig vertrauenswürdige Option, die er in diesem für ihn fremden Land hatte.

Wenn jetzt gleich meine Eltern rangehen, heule ich.

Ran versuchte, sich zu beruhigen. Er redete sich ein, das Richtige zu tun und wählte die Nummer. Im gleichen Moment hörte er ein Klingeln in seiner unmittelbaren Nähe.

Wow, was für ein Timing.

Am anderen Ende der Leitung nahm jemand ab.

»Hallo, wer spricht ...?«

Die Worte erreichten Ran doppelt: durch das Telefon – und von links neben sich.

»Wa...?!«

Überrascht fuhr Ran herum. Sein Blick traf den einer fremden Person.

»Ähm ...«

Goldene Augen. Einen Herzschlag lang stand die Zeit still und alles um Ran verlangsamte sich. Nur das silbrig-weiße Haar des Fremden schien sich sanft zu bewegen. Wie in Zeitlupe fielen die langen, silbernen Strähnen um das Gesicht des Mannes. Seine Wimpern hatten die gleiche Farbe wie das Haar, seine Haut war so eben und edel wie Elfenbein und eine feine, gerade Nase zierte sein Gesicht.

Die Person vor ihm war in einen knielangen Mantel gekleidet, hochgewachsen und erinnerte Ran an einen eleganten weißen Wolf. Wie aus den Bilderbüchern, die seine Mutter ihm als Kind vorgelesen hatte. Sie hatten geheimnisvolle Gestalten im weißen Schnee gezeigt. Die Boten der Götter.

»Wunderschön ...«, murmelte Ran.

Die Zeit fing mit einem Schlag an, weiterzulaufen. Ran zitterte, sein Körper war wie vom Blitz getroffen. Die Luft fühlte sich drückend an, strömte schwer in seine Lungen. Erregung erfasste ihn unvermittelt und beinahe schmerzhaft in ihrer Intensität.

»Bist du Ran Magami?«, erklang eine erstaunlich tiefe Stimme. Bevor Ran antworten konnte, griffen schlanke Finger nach seinem Handgelenk und der Mann zog ihn hinter sich her in eine Gasse.

»Hey, ah!«

Da war wieder dieser schwere, süßliche Duft, den Ran gierig einsog. Es war, als würde etwas einrasten, jede Zelle

in seinem Körper umschließen. So, als wäre er nicht vollständig gewesen und erst jetzt, wo es anders war, fiel es ihm auf.

»Was machst du hier? Und dann auch noch als Omega?«, kam es von den blutroten Lippen. Ran reagierte mit einem langsamen Kopfschütteln. Er konnte sich nur auf den Mund, der die Worte flüsterte, konzentrieren.

»Omega? Ich weiß nicht was ...«

»Du weißt nicht, was das ist?«, antwortete der Mann ungläubig. »Wie kann es sein, dass du keine Ahnung hast? Dabei verströmst du diesen eindeutigen Duft ...«

»Einen Duft?«

Ran atmete automatisch tief durch die Nase ein. Der Schwindel kam mit Wucht zurück.

»Was soll der Unsinn?« Der Unbekannte legte einen Arm um Rans Hüfte, um ihn zu stützen. »Beruhige dich. Wenn du weiter so hyperventilierst, kippst du wirklich noch um!«

Eine Hand legte er auf Rans Rücken, die andere auf seinen Kopf. Der Mann zog Ran an sich, strich ihm über das Haar. In der Umarmung, mit dem Gesicht an die Schulter des Mannes gedrückt, wurde Ran von einem herrlich blumigen und aromatischen Duft umhüllt.

Wo kommt dieser Geruch her?

Ran verlor sich in dem Duft, drückte seine Wange in die Hand, die ihn beruhigend streichelte. Erst da kam sie ihm wieder in den Sinn: die Augenfarbe des Mannes. Es war genau die gleiche, wie Ran sie im Spiegel sah, wenn er keine Kontaktlinsen trug. Die Farbe, von der man ihm eingebläut hatte, dass er sie geheim halten musste.

Wer ist er nur? Wer ist dieser Kerl? Woher weiß er, wie ich heiße?

Ran bemühte sich, einen klaren Kopf zu behalten, aber es war, als würde dieser liebliche Duft sich zwischen seine Gedanken schieben, in jede Zelle seines Körpers dringen und ihn alles andere vergessen lassen.

Was ist hier nur los?

Sein Herzschlag hatte sich seit dem Weglaufen nicht beruhigt. Eher schlug sein Herz noch heftiger, bis Ran es im Hals spürte. Rans Fingerspitzen kribbelten, seine Haare, seine Haut, selbst sein Innerstes.

Mir ist so heiß ...

Die Verwirrung wurde durch ein Gefühl der Leichtigkeit vertrieben. Komisch – in Anwesenheit des blonden Kerls vorhin am Bahnhof hatte Ran sich vor Ekel beinahe übergeben müssen. Bei diesem Mann mit den silbernen Haaren war es ganz anders. Ihm lief ein wohliger Schauer über den Rücken, seine Körpertemperatur stieg weiter und er fing an, zu schwitzen. Sein Atem ging schwerer als noch vor wenigen Sekunden, als er in vollem Tempo weggerannt war, und Blut stieg in seine Wangen und brachte sie zum Glühen.

Er hatte keine Worte für das Gefühl, das ihn durchlief. Instinktiv wie Durst, aber aufreibender und lustvoller in der Art, stieg die Hitze in ihm auf. Er spürte ein Zucken zwischen seinen Schenkeln und gleichzeitig überkam ihn ein tiefes Gefühl der Scham.

Warum passiert mir das?

»Ich werde nicht fragen, weshalb du in dem Zustand an diesem Ort bist. Es ist mir egal, wieso du hier gelandet bist, ich nehme es dir nicht übel, aber wir können nicht weiterhin so eng beieinanderstehen. Nimm jetzt deine Tabletten. Danach können wir reden.«

»Hah ...«

Ein Seufzer entwich Ran unwillkürlich, als der andere ihn an den Schultern packte, um etwas Abstand zwischen sie zu bringen. Die Wärme verschwand augenblicklich.

Obwohl Ran mit seinen achtzehn Jahren noch keine sexuellen Erfahrungen gesammelt hatte, wusste er, dass seine Reaktion ziemlich seltsam war. Er war vielleicht grün hinter den Ohren und hatte durch seine abgekapselte Lebensweise noch viel auf dem Gebiet zu lernen, aber das bedeutete nicht, dass er gar keine Ahnung hatte. Es gab keine direkte, körperliche Stimulation, nichts Visuelles, auf das er hätte reagieren können. Was an dem Mann war es also, das ihn so anmachte?

»Die Tabletten, hopp!«

»Wovon sprichst du? Und was zur Hölle ist ein Omega?«

Die goldenen Augen des Mannes flackerten bei der Frage überrascht auf. »Du hast wirklich noch nie davon gehört?«

Ran schüttelte den Kopf, während ihn Tausende Fragen innerlich überrollten. Verzweifelt klammerte er sich an den Oberkörper des Fremden.

»Woher kennst du mich? Was ist ein Omega?«, wiederholte Ran noch einmal. »Welche Tabletten? Und was hat es mit diesen Gerüchen auf sich?«

Die Fragen sprudelten nur so aus ihm heraus. Ran hatte das Gefühl, den Verstand zu verlieren. Oder nein. Vielleicht hatte er ihn längst verloren.

»Wegen diesem Geruchsding wurde ich von fremden Leuten verfolgt ...«

»Verfolgt?«

»Ich war etwas zu früh am Treffpunkt und wurde von drei Männern angepöbelt.«

Immer wieder lief es auf den Duft hinaus. Ran hatte das Gefühl, er wäre ziellos durch die Gegend gerannt, aber je länger er darüber nachdachte, desto weniger zweifelte er daran, diesem Mann nicht zufällig begegnet zu sein.

»Wirklich?«

»Ich bin mir nicht sicher, aber ich glaube, sie sind mir wegen meines Geruchs gefolgt? Und ich bin einem anderen Duft hinterhergelaufen ...«

Bis er nach Japan gekommen war, hatte er noch nie erlebt, dass jemand auf seinen oder er auf den Geruch anderer reagiert hätte. Niemand, von diesen drei Männern abgesehen, hatte je in irgendeiner Weise auf ihn reagiert. Aber sie hatten explizit nach ihm gesucht. Nach Ran. Wegen seines Geruchs. Und der Mann, der nun mit verschränkten Armen vor ihm stand, schien diesen Duft ebenfalls wahrzunehmen.

»Was hat es mit der goldenen Augenfarbe auf sich?«, entfuhr es Ran.

Der Fremde war unverkennbar ein Mann. Seine Augen schimmerten nicht perfekt goldfarben. Eher war es eine Mischung aus Bernstein und Elfenbein. Die Iriden seiner Augen schienen durch die helle Haut und das silberne Haar regelrecht zu leuchten. Der Mann war mindestens 175 Zentimeter groß – Ran musste den Kopf etwas in den Nacken legen, um ihm direkt in die hübschen Augen blicken zu können.

Sein Gesicht war perfekt symmetrisch. Von seinen Konturen über den Nasenrücken bis zu den Augen. Geschmückt wurde es von langen Wimpern und wohlgeformten Augenbrauen im gleichen Silber wie sein Haar.

Ran bemühte sich, beim Anblick dieser wundersamen Gestalt rational zu bleiben, aber sein Aussehen, sein Geruch, der Ran mit jedem Atemzug weiter einhüllte – sie machten es ihm schwer, ließen seine Emotionen wild auf und ab schwingen. Er rettete sich mit einer weiteren Frage.

»Wer bist du überhaupt?«

»Fenrir.«

»Herr Fenrir?«

Schon beim ersten Anblick hatte er Ran an die Gottesboten aus seinen Kinderbüchern erinnert. Jetzt noch dieser Name. Ein seltsamer Schauer durchfuhr ihn, als Ran ihn selbst aussprach.

»Hm ...?«

Es geschah mit einem Mal. Ran wurde von all den Emotionen überrollt, die er versucht hatte, zu unterdrücken. Er ließ von Fenrirs Mantel ab, an den er sich geklammert hatte, und umschlang seinen eigenen Körper. Dieser Duft machte ihm Angst. Wie sein Körper dahinzuschmelzen schien, je mehr er ihn einatmete. Wie er diese Sinnlichkeit in ihm weckte, von der er nicht gewusst hatte, dass er sie fühlen konnte. Aber am meisten fürchtete er sich vor demjenigen, von dem dieser Geruch ausging.

»Ich beantworte dir deine Fragen später. Was ich dir jetzt

bereits versprechen kann, ist, dass ich dir nicht böse gesinnt bin.«

»Wirklich nicht?«

»Immerhin war ich es, der dich vom Bahnhof abholen sollte.«

Bei Erwähnung des Bahnhofs tauchten die unangenehmen Typen vor Rans innerem Auge auf. Ein Zittern durchfuhr ihn und er wollte sich zurückziehen, wurde jedoch mit einer Hand an seinem Arm aufgehalten.

»Ran?«

Die Wärme der Handfläche, die ihn berührte, fühlte sich auf Rans überempfindlicher Haut wie schmerzende Nadelstiche an, die ihn gnadenlos durchbohrten.

»Lass mich los!«

»Beruhige dich endlich.«

Ran wollte nach Hilfe schreien, aber die liebliche Stimme umfing Ran.

Wieso hat er so eine Stimme?

Ran überlegte fieberhaft. Dieser Fenrir kannte den Treffpunkt aus dem Brief.

»Und du gehörst wirklich nicht zu denen von vorhin?«

Doch wie konnte er sicher sein, dass er nicht doch einer von ihnen war?

»Vertrau mir. Ich bin ...«

»Lass mich ... Lass mich los!«

Je heftiger Ran sich wehrte, desto stärker haftete der Geruch von Fenrir an ihm. Dieser Duft brachte Ran immer weiter um den Verstand.

»Verdammt! Wo ist dieser kleine Scheißer hin?!«

Als Ran die Stimme durch die Gasse hallen hörte, kauerte er sich unwillkürlich zusammen. Fenrir und Ran standen versteckt, aber die Typen vom Bahnhof waren ihm trotzdem auf die Schliche gekommen. Fenrirs Kopf wirbelte in Richtung der Stimmen. Sein Haar fiel ihm dabei über die Schultern.

»Diese Kerle ... «, murmelte Fenrir. »Wurdest du von ihnen verfolgt?«

Ran nickte zögerlich. Vor lauter Panik blieb ihm die Luft weg und er schaffte es nicht, sich auf Fenrirs Tonfall zu konzentrieren – und darauf, ob er die Kerle eventuell kannte.

Plötzlich fand sich Ran zwischen Fenrirs Oberarmen und der Wand gefangen – wie in einem eleganten Spinnennetz.

»Weißt du, wer sie sind? Kennst du sie?«, fragte Ran mit zitternder Stimme.

»Und wenn es so wäre? Was machst du dann?«, hauchte Fenrir.

»Ich werde alles tun. Nur beschütze mich vor diesen Kerlen«, erwiderte Ran nachdrücklich.

Mit einer Hand strich Fenrir Rans langen Pony zurück und legte damit seine Augen frei. Fenrirs elegante Gestalt schien sich darin zu spiegeln.

»Alles ... sagst du?«, wiederholte Fenrir.

Ran nickte heftig. Es war nicht schwer, zu erraten, worauf Fenrirs Fingerspitzen hindeuteten, die Rans Lippen sanft liebkosten.

»Ja.«

»Ich bin mir nicht sicher, ob du das noch bereuen wirst«, raunte Fenrir mit tiefer Stimme.

Er war Rans Ohr unfassbar nah, fing an, daran zu knabbern, und Rans Körper reagierte mit einem heftigen Erschauern. Alle Kraft wich aus seinen Beinen. Er wäre gefallen, hätten Fenrirs starke Arme ihn nicht aufgefangen und an sich gedrückt. Hüfte an Hüfte. Ran spürte Hitze in sich aufsteigen, und auch Fenrir wirkte nicht völlig unbeeindruckt.

»Ran«, hauchte Fenrir, und Ran fragte sich erneut, woher Fenrir ihn kannte. War er der Mann, den er laut des Briefs seiner Eltern am Bahnhof hätte treffen sollen? Was war ein Omega? Und wieso reagierte er auf Herr Fenrirs Geruch?

Sein Kopf drehte sich von all den Fragen und Dingen, über die er nachdenken wollte. Es war schwer, denn der süße Duft des anderen Mannes versetzte ihn in Trance und nahm ihm die Fähigkeit, klar zu denken.

Als Ran sich dem Ganzen schließlich hingab und die Augen schloss, bedeckten Fenrirs leicht geöffnete Lippen die seinen.

Kapitel 2

Ran schob die Aufregung auf seine fehlende Erfahrung. Sein sexuelles Verlangen war zuvor nie so ausgeprägt gewesen. Natürlich reagierte sein Körper auf intime Berührungen, wenn er sich selbst einen runterholte. Aber von einer anderen Person? Noch nie war er so angefasst oder gar in der Öffentlichkeit geküsst worden.

Seine frühesten Erinnerungen an eine Form von Intimität waren Küsse seiner Mutter. Allerdings konnte er diese Momente aus seiner Kindheit an einer Hand abzählen. Rans Eltern hatten ihn geliebt, dessen war er sich sicher, aber ihre Zuneigung hatten sie immer nur auf ihre Weise gezeigt: distanziert und unregelmäßig. Je älter Ran wurde, desto mehr vermieden sie den Körperkontakt – und das wiederum musste der Grund dafür sein, dass dieser erste Kuss von Fenrir und das fremde Gefühl sich streifender Lippen ihn völlig überrumpelten.

So weich und heiß.

Fenrir hingegen wirkte geübt. Seine Küsse waren leidenschaftlich. Präzise. Er liebkoste Rans Lippen ausgiebig und ließ erst von Ran ab, als dieser kurz davor war, ohnmächtig zu werden.

Ran war sich später nicht mehr sicher, was genau danach geschah. Sein Gedächtnis wurde vom Feuer der Leidenschaft versengt. Er erinnerte sich nur noch verschwommen daran, wie er in ein schwarzes Auto stieg und in den Rücksitz gedrückt wurde. Jeder Kuss sog mehr von Rans Seele heraus. Er flehte nach weiteren sinnlichen Liebkosungen ohne sich darum zu scheren, dass ein Fahrer anwesend war. Seine Vernunft war in weite Ferne gerückt. Sie war verborgen hinter einem Schleier, sie rief nach ihm, aber wurde von seinen Trieben immer weiter in den Hintergrund gedrängt. Sein Körper reagierte instinktiv, beinahe gedankenlos, wurde von seiner Lust gelenkt. In diesem Moment spielte es keine Rolle mehr, dass er keine Ahnung hatte, was er tat. Sein Kopf war gefüllt mit obszönen, schamlosen Gedanken.

Ich will ihn.

»Langsam«, versuchte Fenrir ihn anfangs zu bändigen, merkte offenbar aber schnell, dass es keinen Sinn hatte. Ran kam es vor, als ginge Fenrir besonders sanft mit ihm um. Als wollte er ihn nicht zu forsch abweisen oder in die Enge treiben aus Gründen, die Ran selbst nicht verstand. Doch dann begann er, auf Rans Sehnsüchte einzugehen. Das war der Augenblick, in dem Rans Erinnerungen verschwammen.

In seiner nächsten Erinnerung sah er sich neben einem Bett vor Fenrir kniend. Begierig kämpfte er darum, Fenrirs immer größer werdendes Verlangen von seinem Kleidergefängnis zu befreien. Ran hatte zuvor noch nie das Glied eines anderen Mannes berührt und schluckte nervös. Sein Instinkt trieb ihn vorwärts, ließ ihn Fenrirs Hose öffnen. Dieser schien Rans Zögern als Zurückhaltung wahrzunehmen. Er legte Ran eine Hand auf den Hinterkopf und drückte ihn grob in Richtung seiner Mitte.

Obwohl Fenrir noch nicht vollends erregt war, war sein Schwanz heißer und härter, als Ran sich je hätte vorstellen können. Sein Herz stolperte, als es sich zwischen seine halbgeöffneten Lippen drängte, und er spürte Fenrirs wilden Puls am ganzen Körper. In diesem Moment würde Ran bewusst, dass Fenrir ein Mensch war, genau wie er. Egal wie hübsch er auch war. Egal wie silbrigweiß das Haar um Fenrirs Scham auch aussah oder wie dunkelblau die Adern durch seine helle Haut schienen. Er war ein Mensch.

»Hng ...!«

Die Laute, die Fenrir von sich gab, spornten Ran weiter an. Er wollte diesen wunderschönen Mann in seiner Lust aufgehen sehen. Er wollte ihn so anheizen, dass Fenrir die Kontrolle verlor und sich auf Ran stürzte.

Genau das will ich.

Als Ran mit seiner Zungenspitze über Fenrirs Eichel leckte, spannte dieser sich merklich an.

»Mhhh ...! Hah ...!«

Noch nicht genug. Mehr!

Sowohl Rans Körper und als auch sein Geist wollten sich Fenrir vollständig hingeben. Nur ein letzter Rest Vernunft haftete an ihm, fragte ihn, was geschehen würde, wenn er sich auch davon löste. Er wurde weggespült von dem Verlangen, das ihn durchschoss. Ran umspielte Fenrirs Gemächt weiter mit seiner Zunge. Er wollte die Lust, die sich von seiner eigenen Körpermitte her ausbreitete, auf Fenrir übertragen. Es ging Ran nicht nur darum, dass er mit Fenrir eins werden wollte. Vielmehr wollte er diese neuen, unbekannten Knospen der Lust zum Erblühen bringen.

Verwirrt von seiner eigenen Geilheit, die immer weiter in ihm anschwoll und ihn langsam zu überwältigen drohte, liebkoste er Fenrirs Glied. Er drückte seine Zunge gegen das heiße Verlangen in seinem Mund, fuhr mit ihr bis zu dessen Spitze. Dort stupste er sanft in die Öffnung der Eichel und sog kräftig daran, als sich die ersten Liebestropfen dort sammelten.

»Hng ...!«, seufzte Fenrir. Seine Mimik war ganz anders als bei ihrem Aufeinandertreffen in der Stadt. Wegen Ran. Wegen Ran und dem, was er mit seiner Zunge tat.

Ran legte eine Hand um Fenrirs Glied, spürte, wie es immer härter wurde und kräftiger pulsierte.

Beim nächsten Saugen berührten seine Zähne versehentlich dessen empfindliche Haut. Fenrirs Stöhnen dröhnte in Rans Ohren. Er war umgeben von Fenrirs Geruch und leckte Fenrirs Lust unnachgiebig und gewissenhaft. Es passierte ganz automatisch, dass er begann, sich selbst zu streicheln. Als hätte er das hier bereits hundertmal getan.

In diesem Moment wünschte Ran sich, ein offenes Hemd zu tragen. Es gefiel ihm nicht, von Fenrir ablassen zu müssen, um sich selbst auszuziehen. Er sog kräftig an Fenrirs Glied und entledigte sich hektisch seines Oberteils, bevor er sich wieder Fenrir widmete.

»Dir scheint es zu schmecken«, sagte dieser. Er strich

sanft über Rans Wange und schob ein paar verirrte Haarsträhnen beiseite, um besser zusehen zu können, wie Ran ihm einen blies. »Willst du auch mal?«

Ran hob den Kopf. Fenrirs Finger zeichneten seine Wange nach und glitten an seinem Kinn den Hals hinab. Bei der Berührung drückte Ran sein Gesicht in Fenrirs Hand, bevor Fenrir ihm half, aufzustehen.

»Im Bett werde ich dir alles von mir geben, was du willst. Und zwar in vollen Zügen«, flüsterte Fenrir in Rans Ohr. Ein wohliger Schauer durchfuhr Ran, als er Fenrirs Atem in seinem Nacken spürte.

Er wurde frustrierend langsam ausgezogen, Kleidungsstück für Kleidungsstück, ehe Fenrir ihn mit dem Bauch nach unten auf das Bett legte, seine Wange in das Laken drückte und seine Hüfte anhob. Eine kühle Hand streifte seinen wehrlosen und entblößten Hintern entlang.

»Aaah ...!« Rans Stimme war unnatürlich hoch. Erschrocken hielt er sich die Hände vor den Mund und biss sich auf den Finger, damit ihm dieser Laut nicht noch einmal entfuhr.

Ran war schmerzhaft bewusst, dass Fenrir Stellen seines Körpers sehen konnte, die er selbst noch nicht erkundet hatte. Als Fenrir auch noch anfing, ebendiese zu berühren und sich langsam Rans Mitte widmete, wollte er vor dem prickelnden, aufregenden Gefühl fliehen. Unbewusst spannte er seine Oberschenkel und seinen Hintern an und begann zu zittern.

»Mmmh ...«

Oh Mann, ist mir das peinlich ...

Während Ran Fenrir beglückt hatte, war ihm sein eige-eigener Anblick nicht wichtig gewesen. Das hatte sich jetzt geändert, und die Scham, die mit diesem Bewusstsein ein-herging, steigerte seine Lust und Vorfreude.

Fenrirs Finger erkundeten Rans Hintern. Er umspielte seine rosige Mitte und ehe Ran es realisierte, schob Fenrir einen Finger in ihn und presste das umliegende Muskelge-webe leicht auseinander. Er erkundete Rans heiße Innen-wände, und Ran fühlte sich, als hätte man ihm einen elek-trischen Schlag verpasst.

»Haaah! Hng ...«

Fenrir beugte sich über Ran und fragte ihn flüsternd: »Wie ist das? Spürst du ihn in dir? Meinen Finger.«

Ran wurde geiler bei dem Gefühl von Fenrirs heißem Atem und dem Klang seiner säuselnden Stimme.

»Fühlt es sich hier gut an?«, fragte Fenrir neckend. Seine Hand umschloss Rans Glied und rieb es.

»Ah ...!«

Fenrirs Hand legte sich um Rans Eichel, blockierte seine erregte Spitze. »Nein, nein. Noch nicht. Wenn ich dich jetzt kommen lasse, wirst du direkt schlapp machen.«

Als Fenrir erneut über Rans Ohrmuschel leckte, wölb-te der den Rücken durch und biss sich fest auf die Unter-lippe. Hitze sammelte sich in seinem unteren Rücken, ein fast schmerzhaftes Vergnügen, das verstärkt wurde, weil er nicht kommen durfte. Der anfängliche Funken der Lust verwandelte sich in ein brodelndes Feuer.

Ohne Scheu erkundeten Fenrirs Finger Rans Körper. Dieser schmolz unter den Berührungen förmlich dahin.

Von Rans Schamgefühl war nicht mehr viel übrig geblieben und es schwand weiter, als Fenrir einen weiteren Finger in Ran einführte.

»Ah, deine Finger. Mhhh ... Nicht da ...«

»Es scheint dir nicht wehzutun.«

»Mh! Haah ...«

Ran spürte einen leichten Luftzug, als Fenrir begann, seinen Eingang zu dehnen.

Was ist das nur für ein Gefühl ...

Er wollte mehr davon, so fremd das Gefühl, ausgefüllt zu sein, ihm auch war. Sein Innerstes wurde von Fenrirs Fingern berührt und erforscht und die empfindlichen Nervenenden stimuliert. Nach und nach erwachten Rans verborgenste Begierden – solche, von denen er selbst nicht einmal wusste, dass er sie empfinden konnte. Oder wollte.

»Ah, nein ... Es zieht ...«, stöhnte Ran, am Ende seiner Beherrschung.

»Halte noch ein bisschen durch. Bald wird es sich so unglaublich anfühlen, dass du an nichts anderes mehr denken kannst.«

Fenrir drängte sich von hinten an Ran, nur eine dünne Stoffschicht zwischen ihnen. Er öffnete sein Hemd, schob es grob beiseite und drückte die steife Begierde, die Ran noch kurz zuvor mit dem Mund liebkost hatte, an dessen Oberschenkelinnenseite. Das heiße pulsierende Glied zwischen seiner Haut überraschte Ran und ließ ihn vor Lust erzittern und aufstöhnen.

»Ja, genau so. Schließ deine Knie.«

Ran gehorchte Fenrir, presste seine Oberschenkel zusammen und hielt Fenrirs Glied umschlungen. Dieser begann langsam seine Hüften vor und zurückzubewegen.

»Moment! Willst du es etwa so ...?«

»Stell es dir vor. Male dir aus, wie es sich anfühlt, wenn ich in dir wäre«, hauchte Fenrir, während sich seine Finger im Takt seiner Hüften bewegten und in Ran hineinstießen. So viele neue Empfindungen überfielen Ran. Es war, als ob Fenrirs Schwanz in ihn eindrang, dabei handelte es sich nur um dessen Finger.

»Du glühst innerlich.«

»Haaah ...«

Fenrir strich sanft mit seinen Fingerspitzen über Rans Inneres, während er ihn penetrierte. Kratzte ihn leicht und zog seine Finger vor dem nächsten Stoß so weit heraus, wie er konnte.

»Du bist so eng und verschlingst mich regelrecht.«

»Oh, hng ...«

Fenrirs Finger kreisten um Rans Eingang, ehe er sie wieder tief hinab schickte und das Verlangen ihrer beiden Körper zu einer rhythmischen Lust wandelte.

»Fühlt sich das gut an?«

Als Antwort konnte Ran nur willenlos nicken.

»Willst du mich ganz in dir haben?«

Auch darauf reagierte Ran mit einem überschwänglichen Nicken. Er konnte gar nicht mehr anders. Obwohl er sich vage bewusst war, was nun passieren würde, machte Fenrirs Frage es auf einmal sehr real. Statt Fenrirs Fingern würde nun dessen heiße Lust langsam in ihn eindringen.

Als Fenrir seine Finger aus Ran zog, hinterließ das ein leeres Gefühl in ihm. Es war frustrierend! Zuvor hatte sich bei jeder Bewegung sein Magen zusammengezogen, doch nun wartete sein Inneres darauf, erneut zum Vibrieren gebracht zu werden.

Ran wurde beherrscht von dem Verlangen nach diesem exotischen Vergnügen, das Fenrir ihm bereitete. Die bernsteinfarbenen Augen, die ihn musterten. Das silberne lange Haar. Die schneeweiße Porzellanhaut. Für Ran war er das schönste Wesen, das er je gesehen hatte. Und als würde das nicht reichen, spielte dieses Wesen auch noch mit ihm, hüllte ihn in seinem süßen, verruchten Duft ein und ließ Ran schwindelig zurück. Diese köstliche Versuchung war für Ran einfach unwiderstehlich.

»Willst du mehr?«

Ein weiteres Nicken von Ran. Es schien Fenrir nicht zu reichen. »Ich will es aus deinem Mund hören«, befahl er Ran deutlich.

Mit einem Lächeln im Gesicht gehorchte Ran – so als wäre es selbstverständlich, Fenrirs Aufforderungen nachzukommen.

»Ich will es.«

»Was genau?«

»Alles von dir, Herr Fenrir ...«, sagte Ran und warf einen Blick über die Schulter. Hinter ihm wirkte Fenrir wie eine Traumgestalt.

»Dann kann ich nicht mehr anders.«

Als sich statt der Finger heißes, ungebändigtes Fleisch gegen ihn drückte, entfuhr Ran ein Stöhnen anstelle eines unsicheren Kicherns. Fenrir stieß zu und grub sich immer tiefer in Rans engste Stelle. Ran keuchte auf und Tränen schossen in seine Augen. Der Schock war größer als gedacht, und obwohl Rans gesamter Körper angespannt war, gab Fenrir sein Eindringen nicht auf.

»Entspann dich«, presste Fenrir hervor. Seine Tonlage war beruhigend, doch das half Ran nicht. Er konnte sich nicht von allein entspannen und schüttelte vehement den Kopf.

»Keine Chance ...! Ah!«, stieß Ran hervor, als Fenrirs hartes Glied langsam in seinen Körper drang. Er spürte, wie seine Innenwände sich verzweifelt zusammenzogen, wie sie auseinandergeschoben und gerieben wurden. Trotz des ungewohnten Gefühls, der Heftigkeit und des unterschwelligen Schmerzes wollte Ran mehr.

»Au, nein. Ah ...«

So heiß. Als würde er sich in mir einbrennen!

Ran biss ins Bettlaken in dem verzweifelten Versuch, sich daran festzuhalten. Es war längst von seinem Speichel vollgesogen und klebrig.

»Entspann dich«, wiederholte Fenrir.

Ran war kurz davor, ihm die Meinung zu geigen, als Fenrirs Hand nach seinem Glied suchte. Wo er es vorher neckisch an der Spitze gerieben und zugehalten hatte, um Rans Lust zu steigern, begann er nun, es vom Schaft bis zur Eichel zu massieren.

»Ha! Ah ...« Ran legte den Kopf in den Nacken und stöhnte auf. Sein Körper zitterte und Lust kroch ihm den Rücken hinauf bis in sein Gehirn.

Fenrir nahm die Bewegung seiner Hüften wieder auf.

»Steck ihn rein! Ich komme ...!«, keuchte Ran.

Ein enormer Druck baute sich in Ran auf, während seine inneren Organe langsam verdrängt wurden. Es höhlte ihn aus und zerriss ihn innerlich förmlich.

»Herr Fenrir, du bist ... so tief in mir ...«

Der Schmerz, den er vorhin noch wahrgenommen hatte, wurde nach und nach von all den anderen Gefühlen überlagert. In Rans Vorstellung wurde Fenrirs Gestalt zur Form vollkommener Leidenschaft. Die feurige Hitze, die durch das Eindringen an seiner engsten Stelle entstanden war, verwandelte sich vollends in Lust. Aus Rans Innerem stieg ein Wirbelsturm der Erregung auf, und beim nächsten tiefen Stoß entwich Ran erneut ein keuchendes Stöhnen.

Was mache ich nur ...

»Das fühlt sich wahnsinnig gut an ...«

Es war unbegreiflich für Ran, doch sein Körper erzitterte vor Vergnügen. Er wünschte sich, dass Fenrir seinen Schwanz noch fester packte, noch stärker rieb. Er wollte, dass er ihn so kräftig umfasste, dass Ran an nichts anderes mehr denken konnte. Er wünschte sich, innerlich wie äußerlich von der Luft erfüllt zu werden.

»Wo genau fühlt es sich gut an?«

»Über... Überall ...« Ran hatte Mühe, seine Empfindungen in Worte zu fassen. Er hob seine Hüften ein Stück an und wurde plötzlich überall gleichzeitig stimuliert. Die Stellen, die berührt wurden. Die Stellen, die gerieben wurden. Überall, wo gegraben und ihn in gestoßen wurde, wo Fenrir ihn berührte, fühlte es sich gut an. Ran verzehrte sich nach dieser Intensität viel mehr als nach den sanften Liebkosungen vom Anfang.

»Mehr davon ...«, hauchte Ran lustvoll. Es fiel ihm schwer, sich seinem Verlangen hinzugeben. Irgendwo in seinem Hinterkopf musste noch ein Rest an Scham und Vernunft übrig gbelieben sein. So sehr er es auch wollte, er traute sich nicht, auszusprechen: »Ich will, dass du mich so richtig durchnimmst! Ich will von dir gevögelt werden, bis ich Sternchen sehe!«

»Mehr wovon?«, fragte Fenrir spielerisch und ließ seine Zunge über Rans Ohr tänzeln. Dieses schaurig-wohlige Gefühl knabberte an seiner Vernunft wie Fenrir an seinem Ohr. Fenrir stimulierte nicht nur seinen Geruchs- und Tastsinn, sondern auch sein Gehör und seine Gedanken. Das Kribbeln breitete sich bis in Rans Gliedmaßen aus, während Fenrirs Zunge jeden Winkel, den sie erreichen konnte, erkundete.

Sie passten so perfekt zusammen. Das alles fühlte sich derart gut an, dass Ran es kaum aushielt.

»Mehr, härter ...!«

Bei Rans Worten entfuhr Fenrir ein kchliges Lachen. Er fing an, heftiger in ihn zu stoßen, um seiner Bitte nachzukommen.

»Ohh, hng ...! Ah! Ah! Ah!«

Fenrir gab die gleichen Geräusche von sich. Heftiges, schnelles Stöhnen, je härter er zustieß. Auch wenn es ein fremdes Gefühl war, bescherte es Ran ein unheimlich lustvolles Vergnügen. Der obszöne Mix aus kehligem Stöhnen und den Geräuschen, die durch das Aneinanderklatschen ihrer verschwitzten Körper entstanden, breiteten sich im ganzen Raum aus.

»Das ... Das fühlt sich so ... guuut an!«

Zu mehr war Ran vor lauter Lust nicht imstande. Die Reize krochen seine Wirbelsäule empor, und Ran schob seinen Hintern noch ein Stück weiter in Fenrirs Richtung. Dieser löste seine Finger aus Rans Hand und umschloss damit seine wild umherhüpfende, steife Lust.

»Ist es so gut?«

»Ah, nicht ... nicht anfassen ... hah ...«, stieß Ran zitternd hervor – und spritzte unwillkürlich ein weiteres Mal ab.

»Aaah! Mhh! Hah ...«

Er war bereits mehrere Male gekommen – milchige Tropfen der Lust überall. Langsam fragte sich Ran, ob er den Verstand verlor. Es war, als würde er diese obszöne Szene lediglich als Beobachter genießen. Wieder und wieder riss die Lust ihn aus der Konzentration; dabei waren es nicht nur die Berührungen an Rans bestem Stück, sondern sein ganzer Körper, der sich wie elektrisiert anfühlte. Als wäre er zu einer einzigen großen erogenen Zone geworden. Jedes Stückchen Haut, Zelle für Zelle. Alles in ihm verlangte nach der Befriedigung dieser Lust.

»Willst du's dir lieber selbst besorgen?«

»Nein, ich will nicht...«

»Was genau willst du nicht?«

»Mich selbst anfassen ...«, sagte Ran mit gedämpfter Stimme.

Fenrir reagierte sofort, streckte seine freie Hand nach

Rans Körpermitte aus. Seine kühlen, langen Finger und neckenden Fingerspitzen waren unwiderstehlich angenehm.

Jedes Mal, wenn Ran seine Hüften bewegte, entlud er sich auf Fenrirs Bauch. Trotzdem klang seine Erregung nicht ab. Mit dem Zeigefinger fuhr Fenrir die pulsierende Ader an Rans Verlangen nach, und schon dieser leichte Druck reichte aus, um ein Kribbeln durch Rans Körper zu schicken. Hitze staute sich innerhalb kürzester Zeit in ihm auf und entlud sich kurz darauf explosionsartig.

»Aaaah!«

Die süßlich-klebrige Flüssigkeit befleckte Fenrirs seidigweiche Finger. Ran konnte nicht nachvollziehen, wie er bereits unzählige Male gekommen sein und sein Verlangen dennoch unersättlich bleiben konnte. Es war noch nicht genug.

»Wie viel kommt da noch?«, fragte Fenrir grinsend, während er mit der Hand über seinen eigenen Bauch strich und seine nassen Finger vor Rans Gesicht hob. Wie in Trance begann Ran, an ihnen zu saugen.

»Hng ...« Seine obszönen Sauggeräusche turnten Ran selbst wieder an.

Mehr. Ich will mehr.

Ran kam sich so egoistisch wie verspielt vor. Er folgte seiner Lust und beugte sich auf der Suche nach Fenrirs Lippen nach vorn. Beide waren noch immer miteinander verbunden. Ihre Hüften wippten im Takt, während ihre Zungen sich suchten. Fenrir kam Ran entgegen, um dessen unzüchtiges Verlangen zu stillen. Noch nie war Ran derart intensiv geküsst worden.

Ran legte den Kopf immer wieder in verschiedene Richtungen und bemühte sich, den überlaufenden Speichel zu schlucken. Dennoch lief etwas davon sein Kinn herab und hinterließ nicht nur Flecken auf seiner eigenen Haut, sondern tropfte auch auf Fenrir.

Schweiß, Speichel, Sperma – es war nicht länger möglich, zu sagen, was davon ihre Körper benetzte. Ran besudelte den wunderschönen und eleganten Fenrir mit seiner Begierde, ihre Hüften stießen intensiv zusammen und ihre Zungen wurden immer ungestümer.

»Alles okay? Machst du schlapp?«

Fenrirs rauchige Stimme machte Ran rasend vor Lust. Er bewegte seine Hüften schneller, und Fenrirs Sperma, das in ihm war, lief über und tropfte aus seinem Hintern. Die Flüssigkeit kam einem natürlichen Gleitmittel gleich, mit dessen Hilfe Ran Fenrir noch tiefer in sich aufnehmen konnte.

»Oh. Mein. Gott. Das ist ...!«

In dem Moment, in dem Fenrirs Spitze in ihn glitt, wölbte Rans Rücken sich ihm entgegen. Unbewusst ließ er Fenrirs Hand los, machte Anstalten, vor ihm zu fliehen, aber Fenrir hielt ihn zurück. Offensichtlich wollte er die gesamte Palette von Verzückung auf Rans Gesicht sehen, denn er packte ihn fest an der Taille und hob ihn hoch, als wöge er nichts. Bevor Ran es überhaupt realisierte, änderte sich seine Position und sein Rücken wurde gegen das Bett gepresst.

Fenrir hob Rans Beine an, ohne aus ihm zu gleiten, und legte seine Schenkel auf seine Schultern. Die Innenseite der

Oberschenkel war nass und von roten Knutschflecken übersät, die Fenrir ihm verpasst hatte.

Der Spur aus Küssen folgend beugte Fenrir sich vor, um Rans Lippen zu erreichen. Dabei drang er tiefer in Ran, penetrierte ihn härter, bis seine Spitze an die bisher tiefste Stelle stieß.

»Ah, nicht da … Das ist zu schmutzig … zu tief …«, wimmerte Ran. Es war schmerzhaft und qualvoll, und gleichzeitig setzte Fenrirs Eindringen eine ungeheure Lust in Rans Körper frei. So etwas hatte er noch nie zuvor empfunden.

»Nein … Ah, ah, ah, mhhh!«

Rans Körper reagierte wie von selbst. Er umschloss Fenrirs Lust, nahm ihn in sich auf und umklammerte sein Glied mit seinen innen liegenden Muskeln.

»Nicht so fest … anspannen …«, keuchte Fenrir. Bis eben hatte er beinahe entspannt gewirkt. Jetzt blickte Ran ihm ins Gesicht, nahm die geröteten Wangen und den Schweiß wahr, der an ihm herabrann. Als er Fenrirs Blick auffing, erkannte er darin das erste Mal Ungeduld.

Fenrir steckte tief in seinem Körper und schien weiter anzuschwellen. Die Stöße wurden unkontrollierter, sein Innerstes verschmolz mit Fenrirs Verlangen und Ran nahm ihn nun vollständig in sich auf.

»Ich bin wie flüssiges Wachs in dir.«

»Ja, so fühlt es sich an«, antwortete Ran ebenfalls heiser.

»Wenn ich schmelze, werde ich eins mit dir.«

Wo Rans Körper endete und Fenrirs begann, wurde immer undeutlicher. Sie waren auf eine Art und Weise miteinander verbunden, die über das rein Körperliche hinausging. Dennoch wünschte sich Ran das Unmögliche – noch weiterzugehen. Er wollte, dass am Ende keiner von beiden mehr wusste, wo der eine anfing und der andere aufhörte. Während ihm dieser Gedanke kam, erreichte Ran erneut den Höhepunkt. Zum x-ten Mal an diesem Abend.

Kapitel 3

Ein opulenter Kronleuchter erhellte den Raum, der mit riesigen Gemälden an den Wänden verziert war. Ran wachte in einem mit verschnörkelten Schnitzereien verzierten Himmelbett auf und wusste nicht sofort, wo er sich befand.

»Hab ich das etwa geträumt?«, fragte er sich und rieb sich schläfrig die Augen. Er ließ sich zurück in die Laken sinken und schlief beinah wieder ein, weil ihn die Müdigkeit erneut überkam.

Es riecht so gut.

Ran hatte angenommen, sich in einem Hotelzimmer zu befinden. Aber bevor er den Duft der Laken, die ihn umhüllten, richtig einsaugen konnte, wurden diese mit einem Ruck weggezogen.

»Hey!«

»Geh dich abduschen. Das Badezimmer ist gleich hinter der Tür zu deiner Rechten.« Die Worte kamen von einer männlichen Gestalt. Mit dem Sonnenlicht, das sie von hinten beleuchtete, hatte die Erscheinung etwas Göttliches an sich.

Langes, silbernes Haar. Fein gemeißelte Gesichtszüge. Es wirkte wie ein Traum, war aber keiner. Und die Tatsache, dass Fenrir wirklich existierte, bedeutete für Ran, dass seine Erinnerungen bis zu diesem Morgen real waren. Durch diese Erkenntnis fiel augenblicklich jegliche Erschöpfung von ihm ab.

»Während du dich frisch machst und anziehst, bereite ich das Frühstück vor«, sagte Fenrir. Sein Tonfall war genauso kühl wie sein Gesichtsausdruck. Er trug ein Stoffhemd aus Chiffon und eine eng geschnittene Hose, die seine Silhouette betonte. Einen Moment lang betrachtete Ran ihn gedankenverloren, bis ihm sein eigenes Erscheinungsbild in den Sinn kam. Von Fenrirs herrlichem Duft abgesehen, war er nackt. Scham rötete seine Wangen. Hektisch sprang er aus dem Bett und wollte in Richtung Bad hechten, doch sobald seine Füße den weichen Teppichboden berührten, verließen ihn plötzlich seine Kräfte. Sein Aufprall hallte dumpf durch den Raum.

»Alles okay?«, fragte Fenrir vom Fenster aus.

»Ja, schon gut ...«, antwortete Ran. Fenrir hockte keinen Herzschlag später vor ihm auf dem Teppich. »Geht schon. Hab mir wohl den Knöchel verstaucht oder so ...«

»Du bist ein mieser Lügner«, gab Fenrir trocken zurück und hob Ran ohne zu zögern vom Boden auf.

»Hey, ich kann selbst laufen ...«

»Kein Grund, jetzt noch Stolz vorzutäuschen. Oder hast du vergessen, wer dich mehrmals ins Bad getragen hat?«

Auf diese lasziven Worte hin beschleunigte sich Rans Herzschlag und ein Seufzer entwich ihm.

Fenrir schien Rans veränderte Stimmung und unruhige Mitte direkt bemerkt zu haben. »Nach all dem hast du immer noch nicht genug?« Der rauchige Ton seiner Stimme ließ Rans Gesicht wieder feuerrot anlaufen. Er zog Ran nur auf, hatte dabei aber ins Schwarze getroffen. Unfassbar, aber Ran konnte nicht genug von Fenrir bekommen.

»Das ist nur eine Morgenlatte. Ein Reflex«, sagte Ran und wand sich aus Fenrirs Armen. Schnell verschwand er im Bad und schloss die Tür hinter sich.

»Schließ ruhig ab, aber schlaf nicht in der Badewanne ein!«

»Werde ich nicht«, antwortete Ran trotzig und freute sich trotzdem darauf, gleich in die heiße Wanne zu sinken. Er hielt den Duschkopf über seine Haare, befeuchtete seinen Kopf und keuchte auf, als das Wasser seinen Rücken hinunterlief. Es fühlte sich an wie tausend Messerstiche. Schnell schaute er über die Schulter in den Spiegel, um seinen Rücken zu inspizieren.

»Ach du heilige ...«

Lange, rote Striemen zogen sich von knapp unterhalb seiner Schulterblätter bis zu seinem Po. Und nicht nur das. An mehreren Stellen hatte er ausgeprägte Blutergüsse.

Bei näherer Betrachtung fand er an seinem ganzen Körper Überbleibsel der Nacht: vom Oberkörper bis zu den Innenseiten der Oberschenkel. Ran streckte automatisch die Hand nach den Malen aus − und sofort schossen die Erinnerungen an die letzte Nacht in seinen Kopf.

Wie er sich unter Fenrirs gierigen Bissen gewunden und dabei mit hoher Stimme aufgestöhnt hatte. Als er zwischendurch aufgestanden war, rannen die Reste von Fenrirs Lust aus seinem Körper und seine Innenschenkel herab. Dieses warme Gefühl brachte noch mehr Erinnerungen mit sich, die ihm eine Gänsehaut bescherten.

»Nicht daran denken ...«

Ran war kurz davor, erneut eine Erektion zu bekommen und ermahnte sich, seinen Körper zu kontrollieren. Andernfalls würde er das Bad so schnell nicht wieder verlassen können. Mit eiskaltem Wasser wusch er seinen befleckten Körper, verscheuchte die schmutzigen Gedanken und war froh über den Kälteschock. Er verschaffte Ran einen klaren Kopf.

»Das war nur ein Traum ...«, wisperte er, obwohl er genau wusste, dass es nicht stimmte. Er leugnete vor sich selbst, wie sehr sein Körper sich nach Fenrir verzehrte.

Als er aus der Wanne stieg, redete er sich vor dem großen Spiegel selbst gut zu. »Es ist nichts passiert. Rein gar nichts.« Fenrir hatte sich verhalten, als sei nichts passiert – absichtlich, nahm Ran an. Jetzt gerade wünschte er sich sehnlichst einen Filmriss herbei, wie er ihn sonst nur von Alkohol bekam.

Nachdem er sich eine Jogginghose und ein T-Shirt angezogen hatte, verließ er das Badezimmer und wurde von köstlichem Kaffeearoma begrüßt.

Ran sah sich um, suchte nach der Herkunft des Dufts, und entdeckte Fenrir an einem Tisch neben dem Fenster sitzend. Vor ihm lag ein dicker Stapel Papiere, den er durchsah. Sein helles Haar glänzte in der Morgensonne. Der Anblick ließ Rans Herz höherschlagen.

Der Name »Fenrir« klang wie der eines weißen Wolfes. Die Gestalt des Götterboten aus den Bilderbüchern passte wunderbar zu ihm. Und er schien Augen im Hinterkopf zu haben, denn er bemerkte Ran, ohne aufzublicken. »Bist du fertig? Das Essen ist so weit. Hast du Hunger?«

»Ja.«

»Dann komm her. Möchtest du einen Kaffee?«, fragte Fenrir gelassen und deckte den Tisch für Ran.

»Oh, ich kann das auch machen«, sagte Ran und eilte zum Tisch.

»Lass mich nur. Setz dich einfach.«

Ran nahm an dem gut gedeckten Tisch Platz. Vor ihm standen herzhafter Speck, Spiegeleier, ein bunter Salat-Mix, Orangensaft und Kaffee. In einem Körbchen, das mit Servietten ausgelegt war, lagen frische Plunderstückchen und Croissants.

»Wenn dir das alles nicht zusagt, kann ich etwas anderes zubereiten lassen. Du bist Japaner, nicht wahr? Möchtest du lieber was Herzhaftes mit Reis?«

»Nein, das ist genau richtig. Danke!«

Ran griff eilig nach den Plunderstückchen im Korb und schaute auf, während er den ersten Bissen nahm. Ein vollmundiger, buttriger Geschmack breitete sich in seinem Mund aus.

»Mhh ... lecker!« Rans Hunger wurde mit jedem Bissen größer.

Fenrir beobachtete Ran lächelnd. »So ist's gut.«

Ran verschluckte sich fast bei den Worten, die als nächstes kamen.

»Du hast seit fast zwei Tagen nicht mehr richtig gegessen. Du musst ziemlichen Hunger haben.«

»Das heißt, wir sind vorgestern hier angekommen? Stimmt das? Und wo sind wir hier genau?«

»Wir sind bei mir zu Hause. Die Wohnung liegt im Stadtteil Hiroo«, sagte Fenrir ruhig.

Ran hingegen war alles andere als entspannt.

Ich bin schon seit zwei Tagen hier?!

Ran war sich bewusst, dass es eine längere Zeitspanne gewesen sein musste. Aber dass er jegliches Zeitgefühl verloren hatte, erschreckte ihn doch ein wenig.

Es war nicht so, dass er in den 48 Stunden gar nichts gegessen oder überhaupt nicht geschlafen hätte. Er war öfter zusammengebrochen, und Fenrir hatte dann jedes Mal Snacks und Essen für ihn zubereitet – so wie jetzt dieses Frühstück.

Eine Erinnerung schlich sich in seine Gedanken: wie er mit offenem Mund darauf wartete, wie ein Babyvogel von Fenrir gefüttert zu werden. Und wie Ran sich nach kaum zwei Bissen mehr für Fenrirs feingliedrige Finger als für das Essen interessiert hatte. Auch wenn er Fenrir damit verärgert hatte, hatte Ran begierig über dessen Finger geleckt und leicht an ihnen geknabbert. Bis eins wieder zum anderen geführt hatte …

Stopp. Nicht weiter darüber nachdenken.

Vehement vertrieb Ran die aufkeimenden Erinnerungen und anzüglichen Bilder aus seinem Kopf. Er konzentrierte sich auf Fenrir, um wieder im Hier und Jetzt zu landen.

Sein Profil war wunderschön. Rans Gedanken blieben,

seit er Fenrir begegnet war, immer wieder daran hängen. Ihm fiel beim besten Willen keine andere Beschreibung für Fenrir ein.

Rans Mutter war eine schöne Frau gewesen. Und auch Ran wurde als Kind oft gesagt, dass er ein hübscher Junge sei. Doch wenn er Fenrir so ansah, musste er sich eingestehen, dass er wahrer Schönheit gegenüberstand. Als wäre er wahrhaftig ein Götterbote aus anderen Sphären, ohne irdische Wünsche. Doch Ran wusste es nach den heißen Stunden mit ihm besser.

Es war kein Traum. Auch wenn es ein sehr schöner Traum gewesen wäre.

Während Ran auf seinem süßen, knusprigen Plunderstück kaute, ließ er diese bizarre Situation Revue passieren. Er dachte über seine Liaison mit diesem prinzenähnlichen Mann nach, der als Retter in seiner Geschichte aufgetaucht war. Das zwischen ihnen war nicht nur Sex gewesen, da war sich Ran sicher. Auch wenn er vor Fenrir so tat, als sei nichts Erwähnenswertes zwischen ihnen passiert, waren unter seiner Kleidung eindeutige Spuren auf seinem ganzen Körper verteilt.

Rans Gedanken kreisten immer wieder um die letzten zwei Tage. Mit einem großen Schluck Kaffee spülte er sowohl sein Frühstück als auch die unzüchtigen Gedanken hinunter, in der Hoffnung, sich damit auf seine ursprünglichen Fragen konzentrieren zu können.

Warum genau war er hier gelandet? Er hatte seine Eltern verlassen und war nach Japan gereist. Und als er einen Fuß aus dem Bahnhof von Shibuya gesetzt hatte, hatten die

Dinge eine seltsame Wendung genommen. Er war vor diesen Gangstern weg- und Fenrir direkt in die Arme gelaufen. In seiner Panik hatte er sich an ihn geklammert.

Wie konnte mir so etwas passieren?

Ran erinnerte sich an Fenrirs ungläubige Worte: *Wie kann es sein, dass du keine Ahnung hast? Dabei verströmst du diesen eindeutigen Duft ...*

Ran trank den restlichen Kaffee in seiner Tasse in einem Zug aus und sammelte sich.

»Ähm, Herr Fenrir?«

»Ja?«, antwortete dieser und blickte auf.

»Wer bist du eigentlich?« Ran hatte seine Worte mit Bedacht wählen wollen, aber seine Gedanken waren so wirr, dass die Frage ihm einfach herausrutschte.

»Und du?«, umging Fenrir eine direkte Antwort.

»Meine Eltern haben sich auf dich verlassen, richtig?«

»Um genau zu sein, nein. Nicht auf mich.«

»Wie ...?«

»Es war meine Familie – mein Name –, auf den sich deine Eltern stützten. Als baldiges Familienoberhaupt bin ich lediglich dem Gesuch meiner Artgenossen nachgekommen.«

»Artgenossen?«

»Aber ich wäre nie auf die Idee gekommen, dass du ein Omega bist«, fuhr Fenrir einfach fort. »Soweit mir bekannt war, sind Omegas nur noch ein Relikt aus der Vergangenheit. So gesehen war es vermutlich sehr klug von deinen Eltern, dich über deinen Zustand als Omega im Unklaren zu lassen. Deine Existenz allein ist eine Besonderheit, deshalb haben wir den Kontakt zu dir streng geheim gehalten. Und trotzdem wurden wir vorgestern fast überlistet.«

Ran verstand kein Wort.

Fenrir rieb sich über die Stirn. Seine langen Wimpern warfen einen leichten Schatten auf sein Gesicht. »Auf jeden Fall ist es eine glückliche Fügung, dass wir es noch vor dem Bankett erfahren haben. Wir haben zwar nicht allzu viel Zeit, aber es verschafft uns die Möglichkeit, uns vorzubereiten«, sagte Fenrir und legte das gelesene Dokument beiseite.

»Ähm ...« Ran wollte nach weiteren Erklärungen fragen, aber bevor er dazu kam, klopfte es an der Tür.

Von draußen erklang eine tiefe Stimme. »Fenrir, ich bin's.«

»Komm rein. Ich hab auf dich gewartet«, antwortete Fenrir.

Nanu? Wer mag das sein?

Als die Tür aufgestoßen wurde, spannte sich Rans Körper automatisch an. Der Mann, der auftauchte, hatte eine düstere Aura. Er war ungefähr so groß wie Fenrir. Sein muskulöser Körperbau wurde durch seine schwarze Kleidung betont und sein tiefschwarzes Haar trug er schulterlang.

»Hat es sich endlich gelegt?«

»Das kann man wohl so sagen. Du kannst es auch riechen, oder?«, fragte Fenrir.

Ohne zu antworten, stellte der Mann eine kleine Papiertüte auf den Tisch zwischen ihnen. »Ich habe mitgebracht, worum du mich gebeten hast.«

»Danke. Haben sie etwas zu dir gesagt, als du es abgeholt hast?«

»Nein, nichts.«

»Ich wiederhole es gern: Du genießt das Vertrauen der anderen.«

»Nicht so sehr wie du, Fenrir.«

Die Vertrautheit der beiden fiel Ran sofort auf. Sie ähnelten sich in ihrer Art, ruhig und unaufgeregt zu sprechen. Doch als der Mann direkt neben Fenrir stehen blieb, wurde der Unterschied zwischen ihnen deutlich. Weiß und Schwarz. Nein. Eher Silber und Schwarz – wie Licht und Schatten.

»Darf ich vorstellen? Das ist Varnagand. Ein Wolfshybrid.«

»Vagarnand?«, wiederholte Ran unbeholfen.

»Varnagand«, korrigierte der Mann Rans Fehler ohne eine Miene zu verziehen. »Wir vom Clan der Inu übernehmen die Rolle des Schwertes.«

»Clan der was ...?« *Rolle des Schwertes? Wovon sprach dieser Varnagand?* »Ein Inu, so was wie ein japanischer Hund? Was soll das bedeuten?«

Varnagand warf Fenrir einen fragenden Blick zu. »Was hältst du davon?«

»Ich weiß es auch nicht so genau«, antwortete Fenrir mit hochgezogenen Schultern und wandte sich an Ran. »Deine, deine Eltern haben dich nach Japan ggeschickt, oder?«

»Ja.«

»Haben sie dir etwas über den Grund deiner Reise erzählt? Oder über dich?«

Ran schüttelte den Kopf. »Nichts.«

»Nichts?«

»Genau.«

Aus den Augenwinkeln nahm Ran wahr, wie Varnagand eine Hand an seine Stirn legte.

Fenrir nickte nur leicht und fuhr fort. »Kannst du mir sagen, wie du bisher gelebt hast? Ist das vielleicht einfacher für dich?«

»Klar. Seit ich ein klein war, sind wir von Ort zu Ort gezogen. Ich musste mich oft verstecken, durfte nicht auffallen.«

»Und was wurde dir gesagt, bevor du mich aufsuchen solltest?«

»Dass unsere Wege sich trennen würden, weil ich nun achtzehn Jahre alt wäre. Und als ich sie letztlich verließ, sagten sie mir, ich solle zu dem Ort gehen, der in ihrem Brief steht. Dort würde ich dann jemanden treffen, der mir weiterhelfen könnte.«

»Deshalb bist du allein nach Japan gekommen?«

Ran nickte. »Ich bin mit dem Wissen aufgewachsen, dass ich meine Eltern irgendwann verlassen muss. Und dass es ein Geheimnis in der Familie gibt.«

»Aber du weißt nicht, um was für ein Geheimnis es sich handelt?«

»Ja, genau.«

Fenrir und Varnagand tauschten einen vielsagenden Blick aus und seufzten gleichzeitig.

»Das war leichtsinnig von ihnen.«

»War es nicht«, wies Ran Varnagands Bemerkung entschieden zurück. »Sie waren immer mitfühlend und liebten mich. Ich habe zwar keine Freunde, aber das liegt nur daran, dass wir so oft umziehen mussten. Meine Eltern haben mir alles beigebracht, was ich zum Überleben brauche. Und ich bin froh, die Welt jetzt mit meinen eigenen Augen sehen zu können.«

Ran hatte sich etwas in Rage geredet. Zwar stimmte es, dass seine Eltern Geheimnisse vor ihm hatten, aber dass sie ihn liebten, hatte er nie angezweifelt. Wahrscheinlich hatten sie versucht, Ran vor etwas zu beschützen und ihm deshalb nie alles erklärt. Oder sie waren davon ausgegangen, dass er ohne das Wissen ein besseres Leben führen würde. Er fand es unfair, dass seine Eltern von Fremden dafür kritisiert wurden.

»Ich entschuldige mich für seine Bemerkung. Verzeih bitte, auch in Varnagands Namen«, sagte Fenrir mit einer Verbeugung.

»Fenrir, ich hab doch nur ...«

»Ich verstehe, was du damit sagen wolltest. Aber du musst auch auf Rans Gefühle und seine Lebenswirklichkeit Rücksicht nehmen.«

Ran war überrascht von Fenrirs Geste der Entschuldigung. Varnagand ging es scheinbar ähnlich. Er versuchte, Fenrir dazu zu bringen, wieder aufzusehen. Vergebens.

»Wahrscheinlich haben deine Eltern gehofft, du würdest das Wissen nie brauchen«, schlussfolgerte Fenrir.

»Ja, der Gedanke kam mir auch.«

Fenrir nickte verständnisvoll. »Die Realität ist nur leider etwas anders. Du hast deine Eltern verlassen, und sie haben dich uns anvertraut. Was bedeutet, dass sie dieses Geheimnis nicht länger allein tragen konnten. Deshalb werden wir dich über den Clan der Inu grundlegend aufklären müssen.«

»Was meint ihr mit Inu?«, fragte Ran, in seinem Kopf entstand ein vages Bild von einer Geheimorganisation.

»Wir sprechen hier von uralten Überlieferungen, die der Fluch und das Band sind und uns zu dem machen, was wir sind. Es ist eine komplizierte und oftmals verworrene Geschichte. Ich weiß nicht so recht, ob ich sie dir verständlich erklären kann, und bevor wir näher darauf eingehen, möchte ich mich dir noch einmal richtig vorstellen.«

Das Wort »Fluch« blieb Ran im Kopf hängen. Es klang bedrohlich.

Fenrir richtet sich derweil auf. Ran wollte es ihm gleichtun, wurde jedoch von einer Hand auf seiner Schulter auf seinem Stuhl gehalten. Das Sonnenlicht schien in den Raum und selbst in seiner legeren Kleidung war Fenrir eine Augenweide.

»Mein offizieller Name lautet Fenrir Saarloos. Ich bin achtundzwanzig Jahre alt und gehöre zum Oberhaupt der Familie der Saarloos Wolfhunde. Normalerweise lebe ich in den Vereinigten Staaten.«

Anmutig wandte Fenrir sich zu dem Mann an seiner Rechten. »Varnagand ist ein Tschechoslowakischer Wolfshund. Er ist dreißig Jahre alt und das Oberhaupt dieser Wolfshybridfamilie. Er ist Verantwortlicher der Verteidigungs- und Wachabteilung meiner Familie.«

Varnagand verbeugte sich schweigend, während Fenrir sich wieder setzte.

»Wir beide tragen in unseren Familiennamen eine Hundeart, die es in dieser Welt gibt und die als dem Wolf nahestehend beschrieben wird«, erklärte Fenrir. »Der Inu – also der Hund, von dem wir in unserem Clannamen sprechen – hat eine andere Bedeutung, Form und Beschaffenheit als der gemeine Hund, den du dir wahrscheinlich gerade vorstellst. Etwa ein Hund, der als Haustier daheim oder anderswo gehalten wird. Wir bezeichnen uns als zugehörig zu den Inu, haben aber eine menschliche Form und verwandeln uns auch nicht.«

»Und ich dachte schon, du sprichst von Werwölfen, wie man sie aus Filmen kennt. Wo sich bei Vollmond die Gesichtsform und so verändert und ihr euch in einen echten Hund verwandelt.«

Ran hatte sich Fenrir als silberfelligen Hund vorgestellt, den man trainieren und an der Leine führen konnte. Sein schlechtes Gewissen ließ ihn noch eine Entschuldigung hinterherschieben.

»Du brauchst dich nicht zu entschuldigen. Wir verwandeln uns nicht in Hunde, aber die Art des Hundes, die jeder von uns in sich trägt, beeinflusst uns in gewisser Weise.«

»Wirklich?«

»Der Saarlooswolfhund und der Tschechoslowakische Wolfshund sind den sogenannten gemeinen Wölfen äußerlich sehr ähnlich. Ihre Haarqualität und ihr Körperbau sind wahrscheinlich auf diese Rasse zurückzuführen.«

»Dann hat Herr Varnagand ein sehr raues Fell?«, witzelte Ran.

Fenrirs Blick glitt zu Varnagand. »Wie sieht's damit aus?«

Varnagand presste die Lippen zu einer dünnen Linie zusammen, trat vor Ran und senkte den Kopf.

Heißt das etwa, ich soll ihn streicheln?

Nach Bestätigung suchend sah Ran sich zu Fenrir um. Das Nicken war deutlich genug. Zurückhaltend berührte er Varnagands Haar und stellte fest, dass es, entgegen seiner Erwartung, weich und flauschig war. Der Geruch, der ihn umgab, war blumig – nicht so süß wie Fenrirs. Er zog Ran nicht völlig in den Bann, aber gab ihm ein seltsam friedliches Gefühl.

Ran war nicht einmal bewusst, dass er Varnagand geistesabwesend kraulte. Fenrir sah Varnagand jedoch seinen Unmut an.

»Würdest du Varnagand wieder freilassen?«

»Oh! Sorry!«

»Schon okay ...«, sagte Varnagand ruhig und stellte sich zurück an Fenrirs Seite. Seine Wangen waren leicht gerötet. Scheinbar war die Situation ihm doch peinlicher, als er sich anmerken lassen wollte.

»Zurück zum Thema«, nahm Fenrir den Gesprächsfaden wieder auf. »Seit uralten Zeiten nennen wir uns Inu. Ich überlasse es Varnagand, die Einzelheiten der verschiedenen Abstammungen zu erklären.«

Auf einmal schien eine Spannung in der Luft zu liegen. Einem Schatten gleich stand Varnagand hinter Fenrir. Auf Fenrirs Aufforderung hin nickte er und wandte sich Ran zu.

Kapitel 4

»Lass mich dir zuerst einige Beispiele aus den verschiedenen Familien unseres Clans geben«, begann Varnagand. »Die Tamaskan-Familie lebt in Finnland. Sie haben kein Wolfsblut in den Adern, sondern stammen von Huskys ab. Es ist eine aufstrebende Familie mit starken menschlichen Verbindungen. Antero, das jüngste Familienoberhaupt, ist ein erfolgreicher Sportler und Olympiateilnehmer im modernen Fünfkampf und im Reitsport.«

Ran kannte sich zwar in der Welt, die ihm gerade offenbart wurde, nicht aus. Aber wenn man ein olympischer Athlet war, musste man sehr fit sein.

»Die Familie Lupo Italiano ist eine Militärfamilie italienischer Herkunft, die für unseren Militärsektor zuständig ist. Die American Tundra Shepherds sind eine Familie, die mächtige amerikanische Unternehmen besitzt. Sie kümmern sich um unsere finanziellen Angelegenheiten. Wir nennen sie auch ›Bank unserer Welt‹.«

Die Tundra Shepherd Bank war Ran tatsächlich ein Begriff. Er hatte ein Konto bei dieser Bank und sich nie viel dabei gedacht – außer vielleicht, dass eine Hunderasse als Name etwas merkwürdig war. Er wäre nie auf die Idee gekommen, dass sie nicht nur *wie* eine Hunderasse hieß, sondern wegen der Gründungsmitglieder so benannt wurde.

»Die Saluki-Windhunde stammen aus dem nahen Osten. Wie wir sind sie eine der ältesten Familien des Clans der Inu. Sie haben nicht viel mit anderen Menschen zu tun und bleiben eher unter sich. Innerhalb des Clans sind sie für den Rohstoffsektor zuständig, also für Öl und Rohstoffabbau. Die Afghanischen Windhunde stammen aus Afghanistan und waren wie die Saluki früher eine geschlossene Familie. Seit der Ablösung des Familienoberhaupts sind sie jedoch häufiger bei Banketten und Ähnlichem anzutreffen.«

Auch die Namen der Rassen der beiden arabischen Familien kannte Ran von diversen Unternehmen.

»Zusammen mit den japanischen Familien der Shiba und der Kai sowie unseren beiden, sind wir als die ›Neun Familien‹ bekannt, die den Clan repräsentieren.«

Ran runzelte die Stirn, als er den Namen Kai hörte. Als Fenrir den Mann gesehen hatte, der Ran vom Bahnhof Shibuya aus gefolgt war, hatte er gesagt, er sei nur ein *guy*, also irgendein Typ. Zumindest hatte Ran es so aufgefasst. Hatte es sich bei ihm etwa um jemanden aus der Kai-Familie gehandelt?

»Der Mann, der dir damals gefolgt war, stammte wahrscheinlich aus dem Hause Kai«, sprach Fenrir Rans Gedanken aus.

»Warum würde mich jemand aus einer so alteingesessenen Familie verfolgen?«

»Das erkläre ich dir später. Bitte höre Varnagand weiter zu.«

»Natürlich. Bitte fahre fort.«

Varnagand nickte. »Wir sind eine Spezies, die unter den Menschen agiert und sie sowohl vor als auch hinter den Kulissen beeinflusst. Im Mittelalter wurde unsere Existenz erstmals bekannt. Damals wurden wir als Götter verehrt und gleichzeitig als Dämonen beschimpft, weil wir den Menschen in puncto Geist, Körper und Aussehen überlegen waren. Während einer Epidemie diente zum Beispiel eine unserer körpereigenen Substanzen als Impfstoff.«

Ran kam sich vor, als redeten sie plötzlich von Fantasiewelten. »Was meinst du mit Impfstoff?«

»Die Injektion unserer Körpersäfte hat schon viele Menschenleben gerettet.«

»Das klingt wie purer Aberglaube.«

»Ich verstehe, warum du das denkst. Aber es stimmt, dass wir so eine Eigenschaft besitzen.«

»Du willst also sagen, dass die Inu etwas in sich tragen, das Krankheiten heilen kann?«

»Es ist streng geheim, aber ja. Wir haben eine heilende Wirkung.«

»Das heißt ...«

Ran verschluckte sich, kam ins Stocken und konnte ein lautes Husten gerade so unterdrücken.

»Heutzutage nutzen wir die Macht unserer Familien, um solche Sachen geheim zu halten. In der Vergangenheit gab es immer feindlich gesinnte Leute, wenn fanatische Anhänger auftauchten, die von unserer Macht wussten.«

»Feindlich gesinnt? Warum sollte euch jemand hassen, wenn ihr Menschen heilen könnt?«

»Menschen haben die Angewohnheit, diejenigen, die anders sind als sie selbst, zu verleugnen und auszugrenzen.«

»Auch wieder wahr.«

»Übrigens sind die neun Familien, obwohl sie dem gleichen Clan angehören, nicht vom selben Blut. In ihren jeweiligen Ländern schlossen sich diejenigen zusammen, die gleiche oder ähnliche Macht haben. Sie erlangten Status, Macht und Reichtum, indem sie ihre jeweiligen Stärken ausbauten. Und daraus entstand schließlich die Situation, wie wir sie heute kennen.«

Ein Familienkonglomerat, das nicht an der Oberfläche agierte, aber den Schlüssel zur Welt in sich trug – eine Geschichte, die so grandios war, dass sie sich nicht real anfühlte.

»Warum weiß ich nichts von den Familien der Inu? Weil ich selbst ein zurückgezogenes Leben geführt habe?«

»Es mag zum Teil an deiner Lebensweise liegen, ja. Zum anderen daran, dass wir, um uns zu schützen, schrittweise aus der Außenwelt verschwunden sind. Wir haben unsere wahre Natur verborgen, um in dieser Welt existieren zu können.«

»Wenn ihr euch selbst schützen wollt, wäre es dann nicht besser, wenn man von euch wüsste? Damit man auf euch aufpassen könnte?«

»Varnagand hat eben erklärt, dass wir einmal für einen Impfstoff gesorgt haben«, meldete Fenrir sich zu Wort.

»Stimmt.«

»Bis heute gibt es immer noch Leute, die uns deshalb töten wollen.«

»Die es auf eure Körper abgesehen haben? Auf Entführung und so?«

»Genau. Obwohl nicht klar ist, warum unsere Körper heilen können – oder in welchem Umfang –, nehmen einige Leute fälschlicherweise an, dass der Verzehr unseres Fleisches eine größere Wirkung als die Aufnahme unserer Körpersäfte hat.«

Ein Schauer lief Ran über den Rücken.

»Es wäre eine Sache, gefangen genommen und eingekerkert zu werden. Aber so wie das Fleisch einer Meerjungfrau in Erzählungen als Elixier der Unsterblichkeit gilt, haben die Fanatiker es auf unser Leben abgesehen. Sie behaupten, unser Fleisch wäre das Heilmittel für alles Übel dieser Welt.«

Die Geschichte wurde immer grausamer.

»In der Vergangenheit wurden tatsächlich einige von uns von Menschen umgebracht. Danach entschlossen sich manche Inu, wie du selbst auch vorschlägst, in der Öffentlichkeit zu leben. Mit dem Hintergedanken, dadurch unantastbarer zu sein. Nur haben sie sich damit quasi eine Zielscheibe auf den Rücken gemalt. Uns geht es um eine Balance: Wir wollen unter dem Radar dieser Fanatiker fliegen und dabei gerade so viel über unsere Existenz preisgeben, dass wir in Frieden existieren können. Im Herzen der Gesellschaft, sozusagen. Auf diese Weise sind wir unter den Menschen und agieren wie sie von innen heraus.«

»Nur den normalen Menschen ist das nicht klar?«

»Korrekt. Unser Clan ist für Außenstehende nicht zugänglich und diskret. Selbst wenn ein Familiengeheimnis durchsickern sollte, werden alle neun Familien informiert, bevor es an die Öffentlichkeit geraten kann. Wir verhindern die Berichterstattung, bevor es in die Welt posaunt wird.«

In gewisser Weise war das das größte Geheimnis von allen. Es erschien Ran alles viel zu utopisch, um real sein zu können.

»Aber dort liegt auch unser großes Problem. Es bedeutet, dass es Berührungspunkte gibt, an denen unsere und die menschliche Welt verschmelzen. Dadurch verwässern die Merkmale des Clans immer mehr«, fügte Varnagand hinzu. Fenrir runzelte die Stirn.

»Ist eine Vermischung mit den Menschen denn so schlecht? Ist es nicht auch ein Bedürfnis der Inu, sich anzupassen und weiterzuentwickeln?« Für Ran war noch nicht ganz klar, was Fenrir und Varnagand von den Menschen unterschied, abgesehen von ihrem auffällig guten Aussehen.

»Es ist nicht so, dass sie das nicht dürfen. In der Tat haben sich viele unserer Arten und Vorfahren mit den Menschen vermischt. In den vergangenen Jahrhunderten sind selbst die neun Familien nicht hundertprozentig rein geblieben. Aber bis auf diese neun Familien haben sich alle anderen vollkommen mit den Menschen vermischt. Im Clan gibt es nicht einmal mehr die Hälfte der damals existierenden Inu. Die Vermischung mit den Menschen macht sie in dieser Welt zwar überlebensfähiger, führt teilweise aber auch dazu, dass die Eigenschaften der Inu gänzlich verloren gehen. Wir befürworten keine Inzucht, dennoch gibt es Leute, die dafür sind, diese Blutlinie in irgendeiner Form für zukünftige Generationen rein zu halten.«

»Kann ein Mensch überhaupt ein Kind mit Merkmalen der Inu gebären?«

»Die Wahrscheinlichkeit ist sehr gering, aber es ist nicht völlig unmöglich.«

»Kann man direkt nach der Geburt sagen, ob ein Kind ein Inu ist oder nicht?«

»Wenn es ein Junge ist, ja.«

»Wächst ihm eine Rute oder so?« Obwohl Ran vorhin gesagt wurde, dass sie sich äußerlich nicht von Menschen unterscheiden würden, konnte er sich diese Frage nicht verkneifen.

Fenrir antwortete mit ernster Miene auf die Frage. »Am Geruch. Man erkennt sie am Geruch.«

»Wir haben einen besonderen Körpergeruch«, fügte Varnagand hinzu.

Die Antwort ließ Rans Herz schneller schlagen. »Am Geruch ...?«

Der Duft schon wieder?

»Bei einigen Hunderassen gibt es eine Paarungszeit. Der Geruch, der währenddessen ausgestoßen wird, kann nur von denjenigen wahrgenommen werden, die einen starken Inu-Anteil in sich tragen.«

»Auch wenn sich die Blutlinie der Hunderasse bereits mit Menschen vermischt hat, können sie – sofern ihre hündischen Merkmale stark genug sind – einen eigenen Geruch verströmen und den anderer Inu warnehmen«, fügte Fenrir hinzu.

Das Wort »Paarungszeit« ließ die Inu in Rans Vorstellung plötzlich wie animalische Gestalten erscheinen. »Das heißt, dass es bis ins Erwachsenenalter dauern kann, bis man weiß, ob man zu den Inu gehört oder nicht?«

»Das ist nicht ganz richtig. Unter den Inu gibt es eine noch dominantere Spezies. Wir bezeichnen sie als Alphas. Ein Alphamännchen kann seine eigene Art am Geruch erkennen, noch bevor die Person achtzehn Jahre alt wird«, erklärte Varnagand. »Es gibt nur wenige Alphas unter den Inu. Fenrir ist übrigens eines der Oberhäupter des Hauses Saarloos Wolfhund. Sie stehen an der Spitze der Neun Familien, und Fenrir ist ein absoluter Alpha. Ich bin stolz darauf, sein Schatten sein zu dürfen.«

Fenrir zog die Augenbrauen hoch. »Varnagand. Du bist keineswegs nur mein Schatten.«

»Nein. Sobald mein Name ausgesprochen wird, bin ich dazu bestimmt, dein Schatten zu sein und dir zu folgen«, gab Varnagand mit Nachdruck zurück.

»Varnagand!«

Ran versuchte, die sich anbahnende Diskussion der beiden durch eine weitere Frage zu unterbrechen. »Du sagtest etwas davon, dass man den anderen am Geruch erkennt, wenn es sich um dieselbe Spezies handelt. Was aber, wenn du dein ganzes Leben lang unter Menschen gelebt hast und deine Eltern keine Inu waren? Würde die betreffende Person dann ihr ganzes Leben lang nicht wissen, dass sie ein Abkömmling der Inu ist?«

»Ja. So wäre es«, bestätigte Varnagand. »Vor allem weiblich Geborene geben den Geruch selbst irgendwann nicht mehr ab. Fenrir kann nicht jedes neugeborene Kind auf der Welt riechen. Deshalb ist ein Mensch, der in eine der neun Familien hineingeboren wurde, verpflichtet, ein Kind mit einer Frau zu bekommen, die vom Blut der anderen acht Häuser ist. Zusätzlich zu der, mit der er vielleicht schon verheiratet war.«

»Was genau soll das heißen?«

»Es ist wahrscheinlicher, dass ein Inu von einer Frau geboren wird, die das Blut einer der neun Familien hat. Es ist eine notwendige Handlung, um die Blutlinie der Familie, der Inu, am Leben zu erhalten.«

In Ran wuchs Unbehagen darüber, dass es unter dem Vorwand der Blutlinie geduldet war, außereheliche Kinder zu bekommen. »Warum habt ihr mir diese Geschichte erzählt?«

»Weil du ein Mitglied unseres Clans bist, natürlich«, sagte Varnagand widerwillig.

»Ich soll ein Inu sein?« Ran hatte ja erklärt bekommen, dass es sich bei den Inu nicht um den Hund handelte, den er direkt vor Augen hatte. Dennoch konnte er sich nichts anderes vorstellen. Ein Hund, der vor Freude mit dem Schwanz wedelt. Auf keinen Fall war er so ein Wesen. »Nein, das kann nicht wahr sein. Ich bin kein Inu. Meine Eltern haben nie über so etwas gesprochen.«

Zu Rans Überraschung und Erleichterung war es Fenrir, der ihm zustimmte. »Du bist nicht wirklich ein Inu.«

»Ja, genau. Mach keine Witze darüber. Für einen Moment war ich echt nervös, auch wenn es sich wie ein Scherz angehört hat ...«

»Du bist ein Wolf.«

»Bitte was?«

»Deine Eltern haben mich kontaktiert, um dich zu beschützen. Ihren Sohn, den Nachkommen des vom Aussterben bedrohten Wolfes.«

»Ein Wolf ...?« Ran wiederholte die Worte, ohne ihre Bedeutung zu erfassen. »Was soll das alles mit den Wölfen und den Hunden? Das ergibt überhaupt keinen Sinn. Was für ein Schwachsinn!«

»Als ich es das erste Mal von deinen Eltern hörte, dachte ich auch, dass es sich dabei nur um einen Scherz handeln würde. Immerhin gibt es bei uns keine Wölfe mehr.« Fenrirs Gesichtsausdruck war äußerst ernst. »Außerdem soll deine Mutter eine Nachfahrin des Japanischen Wolfs sein, der in Japan angeblich ausgestorben ist.«

Ran konnte nur noch hysterisch flüstern. »Das ist das Lächerlichste, was ich je gehört habe. Wenn du sagst, meine Mutter ist ein japanischer Wolf ... Was ist dann mein Vater? Ein Werwolf?«

Er musste es mit Humor nehmen, andernfalls würde das Blut in seinen Adern auf der Stelle gefrieren.

»Es wird gesagt, er sei ein reinrassiger grauer Wolf.«

Papa und Mama sollen Wölfe sein ...?

»Wölfe und Inus sind nicht dasselbe. Dank unserer Inu-Wurzeln tragen wir Erinnerungen in uns, die uns automatisch ehrfürchtig und respektvoll gegenüber Wölfen agieren lassen. In unserer Hierarchie steht der Wolf höher und wird mehr geschätzt als unsere Hundesippe. Es wäre uns eine Ehre, Teil einer solchen Blutlinie zu werden.«

Ran hatte seine Eltern noch nie über so etwas reden hören. Andererseits – wenn sie wirklich Wölfe sind, hätten sie nicht einfach so darüber sprechen können, oder?

Ran merkte, wie er leiser wurde, je mehr er sich in seinen Gedanken verlor. Was wusste er bisher? Dass Wölfe genauso stark waren wie Inu. Dass Wölfe und Inu sich kreuzen und dadurch stärker werden konnten. Der Geruch eines Wolfes war für einen Inu so berauschend wie eine Droge.

Es fiel Ran schwer, all das zu glauben. Die grundlegende Existenz der Inu war für ihn immer noch zu vage, um sie in ihrer Gänze zu begreifen – geschweige denn zu akzeptieren. Und auch die Sache mit den Wölfen klang für ihn eher wie ein Märchen.

Dennoch hatten ihn diese neuen Infos über die Welt, in der er lebte, bis ins Mark erschüttert. Sie prasselten auf ihn ein, und er konnte nicht anders, als einen Teil davon zu glauben. Sein bisheriges Leben mit seinen Eltern wirkte dadurch wie eine Illusion. Eine Erinnerung, die angesichts der neuen Erkenntnisse verblasste.

Die ganze Zeit war Rans Familie von Ort zu Ort gezogen, ohne je einen Fuß nach Japan zu setzen. Jetzt kannte Ran den Grund dafür. Es war der Geburtsort seiner Mutter. Hatten sie auf diese Weise die Gefahren der Paarungszeit vermeiden wollen? Um nicht als Wölfe enttarnt zu werden?

Die angestauten Gefühle brachen in Form einer Frage aus ihm heraus, von der er nie gedacht hätte, dass er sie je stellen zu würde. »Dann besteht also die Möglichkeit, dass ich nicht das leibliche Kind meiner Eltern bin?«

Obwohl er kein einziges Foto von ihnen besaß, wusste

Ran, dass er seinen Eltern ähnelte. Sie liebten ihn, hatten ihn großgezogen. Wie könnte er nicht ihr leibliches Kind sein?

Dennoch ließen die Zweifel sich nicht abschütteln.

»Das könnte durchaus sein. Aber ich halte dich auch nicht nur aufgrund des Briefes für einen Wolf«, antwortete Fenrir ruhig. So als verstünde er Rans Gefühlschaos.

»Ach ja? Warum dann? Weshalb hältst du mich für einen Wolf?«

»Tja. Da wäre dein Nachname. Die Schriftzeichen für ›Magami‹ sind eine Abwandlung des Wolfes in japanischen Schriftzeichen. Es heißt, es sei eine Variante oder ein alter Name der Wölfe Japans.«

Davon hatte Ran nichts gewusst.

»Das gilt auch für deinen Vornamen. Das chinesische Schriftzeichen für Wolf lautet ›Ran‹. Der Wolf trägt, wie die Inu, den Namen seines Clans in irgendeiner Form in seinem Namen. Deine Eltern mögen ihr Leben auf der Flucht vor ihrem Clanleben verbracht haben, aber weder ihren Namen noch ihre Herkunft haben sie versteckt. Oder nein, vielleicht wussten sie ohnehin, dass sie es nicht geheim halten konnten und wählten deshalb einen Namen, der für alle, die vom gleichen Blut abstammen, erkennbar ist.«

Ran war erstaunt über Fenrirs Ausführungen.

»Und dann ist da noch deine Augenfarbe.«

Ran erinnerte sich daran, dass er seine Augen vor Fenrir bei ihrer ersten Begegnung nicht versteckt hatte. Und nicht nur das — er hatte Fenrir angestarrt. Wiederholt. Aus nächster Nähe.

»Goldene Augen beweisen eindeutig, dass du ein Wolf bist.«

Das kann nicht wahr sein. Ich habe doch die ganze Zeit als normaler Mensch gelebt, oder?

»Hm, aber du hast doch auch goldene Augen, und ihr beide sagt, du seist ein Inu?« Es war pure Zeitschinderei, dessen war Ran sich bewusst. Egal, wie viele Fragen er stellte, er konnte vor der Realität nicht weglaufen.

»Meine Augen sind bernsteinfarben«, gab Fenrir missmutig zurück.

»Man könnte sagen, dass Fenrirs fast goldene Augenfarbe daher rührt, dass er einem König wahrlich am nächsten ist«, sagte Varnagan und platzte beinah vor Stolz.

»Was haben goldene Augen damit zu tun?«

»Wir gehören, wie unsere Familiennamen schon sagen, zu Rassen, die ursprünglich dem Wolf entstammen oder nahestanden.«

Ah, stimmt. Wolfshund und Wolfhybrid.

»Und Gold ... Das ist eine Augenfarbe, die nur Wölfe haben. Zudem noch das göttliche silberne Haar und die weiße Porzellanhaut. Fenrir ist damit so nah an einem Gott, wie man nur sein kann – er ist die Personifikation des Königs der Inu.«

»Varnagand!«, rief Fenrir tadelnd.

»Was denn, Fenrir?«

»Wie oft muss ich es dir noch sagen? Wir wissen nicht, was vor uns liegt und was die Zukunft bringt.«

»Ich habe nichts Falsches gesagt. In der jetzigen Situation gibt es niemanden, der es mehr verdient hat als du.«

»Ran ist jetzt hier.«

Fenrir und Varnagand richteten beide den Blick auf Ran.

»Was redest du da? Du bist definitiv mehr wert als dieser Junge.«

»Er hat das reine Blut eines Wolfs.«

Bei Fenrirs Worten zuckte Varnagand nur mit den Schultern. »Mag schon sein, aber die Abstammung ist nicht die einzige Voraussetzung, um König zu werden. Du weißt, dass unser Clan nicht von einer außenstehenden Person regiert werden kann, die zufällig in unsere Welt gestolpert ist, oder?«

Fenrir kaute nachdenklich auf seiner Unterlippe und nickte dann langsam. »Ich weiß ...«

»Na ja, selbst wenn er König wird, ist es mir egal, ob du sein Gefährte wirst oder ob er dein Kind bekommt und im Grunde die Macht mit innehat.«

Ran fielen fast die Augen aus dem Kopf. »Gefährte?«

Erst da wurde Ran bewusst, dass Varnagand wissen musste, was zwischen Fenrir und ihm abgelaufen war. Immerhin brauchte es nicht viel, um eins und eins zusammenzuzählen. Aber scheinbar war Ran aufgrund der ganzen surrealen Ereignisse etwas schwer von Begriff.

»Ähm ...«

»Bis jetzt hat dich die Thronfolge aufgrund einer Blutlinie auch nicht interessiert. Und zu den Banketten bist du früher nie gegangen. Ich nehme an, du tust das jetzt nur, um ihn zu schützen. Weil er sein Gesicht offenbaren muss.«

Mit seiner Aussage bekräftigte Varnagand Rans Bedenken.

»Varnagand, ich ...«

»Versteh mich nicht falsch, ja? Ich habe Ran nicht seinetwegen oder seiner Herkunft wegen unter die Lupe genommen, sondern weil du es mir befohlen hast. Obwohl ich nun die Wahrheit über ihn kenne, habe ich keinen Zweifel, dass du es bist, der unser König sein sollte.«

»Was redest du da ...?«

»Sicherlich ist das Blut eines Wolfes ein wichtiger Faktor. Es kann sehr wertvoll sein. Aber nur weil es wertvoll ist, heißt das nicht, dass es ausreicht, um dich zum König zu machen, Ran. Ich will keinen Herrscher über mir haben, der nicht weiß, was ein Inu ist, wie wir gelebt haben und wie wir in Zukunft leben wollen. Ich kann und will die Zukunft und das Schicksal meiner und der anderen Familien nicht einem so unwissenden Jüngling anvertrauen«, sprach Varnagand mit immer leiserer Stimme weiter.

Fenrir senkte den Blick und hörte ihm still zu. Vermutlich verstand er Varnagands Standpunkt sehr gut.

»Du willst wirklich, dass ich das Schicksal unserer Sippe auf meinen Schultern trage?«, gab Fenrir zurück. Er sprach leise, ein fast verzweifeltes Lachen in der Stimme, als wäre ihm eher nach Weinen zumute.

In Rans Brust zog sich beim Anblick dieses gequälten Lächelns alles zusammen. Er kannte weder die ganze Geschichte noch die genauen Hintergründe oder welche Verantwortung mit dem König sein einher ging.

»Ich verlange nicht, dass du alles allein auf dich nimmst, Fenrir. Ich bin deine Unterstützung aus dem Schatten. Ich bin bereit, alles zu ertragen, was du erträgst. Vergiss nicht: Der reinblütige Omega hier hat nicht auf mich reagiert, auch nicht auf einen der anderen Inu. Sondern nur auf dich, Fenrir.« Varnagand richtete seinen Blick wieder auf Ran. »Ich denke, dass es im Grunde ein günstiger Wink des Schicksals war, um dich endlich zum König machen zu können.«

Die Worte waren an Fenrir gerichtet, aber trafen Ran hart.

Als Varnagand fertig war, klopfte er Fenrir auf die Schulter und ging zur Tür. Mit einem dumpfen Geräusch schloss er sie hinter sich und ließ Ran und Fenrir allein in dem großen Raum zurück.

Kapitel 5

Schweigen breitete sich zwischen Ran und Fenrir aus, beide waren in ihre eigenen Gedanken versunken.

Ran hatte so viele Fragen. Informationen, die er bestätigt haben oder angebliche Wahrheiten, die er abstreiten wollte. Seit er nach Japan gekommen war, prasselten immer neue Dinge auf ihn ein.

Er erstickte förmlich daran. Und die Personen, die er um Hilfe hätte bitten können, waren diejenigen, die ihm die Luft zum Atmen raubten. Der Gedanke daran, dass Fenrir die Person war, mit der er zuvor diese innigen Stunden verbracht hatte, ließ ihn schaudern. Wie sie sich aus purer Lust und Vergnügen gegenseitig verschlungen hatten – eine Gänsehaut breitete sich auf Rans ganzem Körper aus.

Was zum Teufel hat mich da nur geritten?

Etwas in Ran drängte danach, wegzulaufen und aus dieser Situation zu fliehen. Er wollte zu der Zeit zurück, in der er nichts von all dem wusste. Doch es machte keinen Unterschied. Er konnte nicht in sein altes Leben zurückkehren. Er wusste das, auch wenn er es noch nicht aussprechen konnte.

Die Inu. Wölfe. Die Paarungszeit. Eine Familie, die seit Menschengedenken verflucht war.

Rans Finger verkrampften sich. Seine Hände zitterten. Die ganze Zeit über hatte er seine Knie fest umschlossen und versucht, die aufsteigende Panik zu unterdrücken. Jetzt starrte er auf seine Handflächen, und ein fast schon hysterisches Lachen brach aus ihm heraus. Was er auch versuchen würde: Er würde nie ändern können, was er war. Er saß in der Falle, also konnte er sich auch die ganze Wahrheit anhören.

Er trank seinen mittlerweile kalt gewordenen Kaffee in einem Schluck aus und knallte die Tasse energisch auf den Tisch.

Fenrir sprach, bevor Ran selbst dazu ansetzen konnte.

»Es gibt sicher einige Dinge, die du wissen möchtest, aber ich sollte mich zunächst entschuldigen. Ich – oder wir – haben nur auf dich eingeredet, ohne Rücksicht auf deine Gefühle zu nehmen. Das tut mir leid.«

Offensichtlich hatte er Ran seinen inneren Zwist angesehen. Fenrir lächelte ihm beruhigend zu. Das zusammen mit der darauffolgenden Verbeugung brachte Ran völlig aus der Fassung.

»Nein, schon gut. Lass das«, beschwichtigte Ran ihn. Er wollte aufstehen und zu Fenrir gehen, aber ein dumpf pochender Schmerz schoss durch seine Leistengegend. Er war so unerträglich, dass er zu Boden sackte.

Fenrir eilte sofort zu ihm. »Was ist mir dir, Ran?«

Ein sanfter, süßlicher Geruch stieg Ran in die Nase. Unwillkürlich drückte er sich an Fenrirs Brust, um den Duft einzusaugen. Ran spürte die Vibrationen von Fenrirs Stimme und kam mit einem Mal wieder zu sich.

Was ist nur los mit mir?

Er drückte sich von Fenrirs Brust ab, um Abstand zwischen sich zu bringen. Doch bevor Ran sich losreißen konnte, umschlangen ihn Fenrirs starke Arme und stützten ihn am Rücken. Sie waren sich so nahe, dass Ran Fenrirs Herzschlag deutlich hören konnte. Unwillkürlich sank er gegen seine Brust, bemüht, die Erinnerungen an die letzten Tage mit Fenrir und sein wachsendes Verlangen zu unterdrücken.

»Lass mich lieber los.«

Sofort öffnete Fenrir seine Umarmung und gab Ran frei. »Entschuldige.«

Ran schüttelte den Kopf und überging die Entschuldigung. »Stimmt es wirklich, dass meine Eltern euch gebeten haben, mich zu beschützen?«

»Sie wollten definitiv Hilfe und Schutz von unserem Clan.«

Das heißt, sie wussten genau, was sie taten. Und was wir sind.

»Um mich – einen Wolf – vor denen zu beschützen, die die Inu und ihre Familien fanatisch verehren oder verfolgen?«

Fenrirs Blick verdunkelte sich plötzlich. »Anfangs bin ich davon ausgegangen, ja. Mittlerweile glaube ich, ihr Hauptgrund war, dass du ein Omega bist.«

»Was genau ist ein Omega?«

Als fast reinrassiger Wolf war Rans Wert in der Welt der Inu sehr hoch. So weit, so gut.

Varnagands Worte an Fenrir hallten in Ran nach. *Vergiss nicht: Der reinblütige Omega hier hat nicht auf mich reagiert, auch nicht auf einen der anderen Inu. Sondern nur auf dich, Fenrir.*

Auch wenn es keine äußerlichen Anzeichen dafür gab, wer zu den Inu gehörte und wer nicht, erkannten sie einander am Geruch während ihrer Paarungszeiten. Auch Inu und Wölfe waren in der Lage, sich zu paaren. Mit dem Wissen war es nicht schwer, darauf zu schließen, was die Brunstzeit bedeutete: Währenddessen war es möglich, schwanger zu werden.

Außerdem konnte Fenrir als Alpha die Herkunft eines Kindes an seinem Geruch erkennen. Das machte ihn wohl ebenfalls zu etwas Besonderem.

»Können weibliche Inu ... nennt man sie so? Können sie auch außerhalb der Paarungszeit schwanger werden?«

»Nein, können sie nicht«, antwortete Fenrir ruhig. »Wir sind Inu und Menschen zugleich. Wenn wir als Menschen Sex mit Menschen haben, spielt es keine Rolle, wann wir läufig sind. Wir können dann normale menschliche Kinder bekommen. Aber die Paarung in der Brunstzeit ist eine Voraussetzung für die Geburt eines wahren Inu.«

Anders ausgedrückt: Es gab keine weitere Möglichkeit, einen Inu zu gebären, als sich während der vorherbestimmten Paarungszeit zu vereinen. Und damit das passieren konnte, mussten sowohl der Partner oder die Partnerin als auch man selbst höchstwahrscheinlich ein Inu sein.

Dann sind Sex und diese spezielle Form der Paarung nicht das Gleiche, oder?

»Ähm ...«, begann Ran unsicher. »War meine Reaktion auf dich der Paarungszeit geschuldet?«

»Ja.«

»Herr Fenrir hat also auch nur ...«

»Fenrir reicht. Ohne das Herr«, unterbrach er Ran mitten im Satz.

Ran setzte noch einmal neu an. »Du warst also im gleichen Zustand wie ich, Fenrir?«

Er brauchte einige Augenblicke, um zu antworten. Ungewöhnlich – bisher hatte er immer ohne zu zögern auf Rans Fragen reagiert.

»Ja.«

»Das heißt, Inu können auch auf Männer anspringen?«

Dass Ran wegen seines Wolfanteils »läufig« war, erklärte zwar einerseits seine Reaktion, fühlte sich aber dennoch völlig unnormal an. Egal, wie oft er gekommen war, er hatte die ganze Zeit über nicht schlapp gemacht. Er hatte Fenrir mit seinem gesamten Körper umschließen, in sich aufnehmen und einfach nur genießen wollen.

Zudem hatte auch Fenrir sich mitreißen lassen. Fenrirs heißes Glied, das tief in Ran drang und die Lust dort immer wieder freisetzte, hatte nicht nur seinen Körper betäubt, sondern auch seinen Geist. Ran hatte noch nie Sex gehabt, aber wenn das solche Empfindungen auslöste, war es definitiv etwas, nach dem man süchtig werden konnte.

Er konnte sich nicht vorstellen, keinen Sex mehr zu haben, wenn dieser solche Freudengefühle entfachen konnte. Die Details waren verschwommen, aber von dem Moment an, in dem sie sich begegnet waren, bis heute Morgen, hatten Ran und Fenrir kaum etwas gegessen und unbewusst immer wieder Kontakt zueinander gesucht.

Kein Wunder also, dass Rans Rücken und seine Muskeln so verspannt waren. Auch wenn es unglaublich schien, dass man solch einen Muskelkater vom Sex bekommen konnte. Es war nicht direkt ein unangenehmer Schmerz – eher etwas, das ihn an all die schönen Dinge erinnerte, die sie getan hatten.

Das sanfte Kribbeln, das er nach dem Aufwachen unterdrückt hatte, flammte wieder auf.

Ich will ihn ... Ich möchte Fenrirs Haut berühren. Ich möchte meine Lippen auf seine legen. Ich will, dass sich unsere Zungen umschlingen. Ich will ihm meinen ganzen Körper hingeben, meine Beine öffnen und Fenrirs Leidenschaft tief in mir spüren.

Egal, ob Rans heftige Reaktion nun auf den Brunstzyklus zurückzuführen war, eines verstand Ran nicht: Wenn der Brunstzyklus der reinen Paarung diente und ihn als Omega animierte, warum reagierte Fenrir dann auch auf ihn? Vielleicht war es ganz natürlich?

»Ich habe als Omega auf dich reagiert. Du hast es vorhin schon angeschnitten, aber was genau ist ein Omega?«

»Wusstest du, dass Wölfe, die in Rudeln leben, streng nach einer Rangordnung agieren?«

Leider kannte Ran sich mit der Tierwelt kaum aus. »Was bedeutet das? Es gibt einen Rangobersten ...?«

Das Einzige, was ihm dazu einfiel, war der berühmte Affenberg im Zoo, der den Affen als Ausguck diente. Die Mitglieder der Horde hielten sich dabei immer auf verschiedenen Ebenen auf.

»Wölfe, sowohl männliche als auch weibliche, haben einen bestimmten Rang im Rudel. Die Spitze des Rudels bilden die Alphatiere, während das untere Ende des Rudels aus Omegas besteht.«

»Heißt also, dass ich zu diesen rangniedrigeren Omegas gehöre?« Merkwürdigerweise fühlte Ran sich von der Aussage gekränkt. »Sicher, im Vergleich zu dir und Varnagand mag ich schwach sein, aber ...«

»Nein«, unterbrach Fenrir ihn, bevor Ran sich weiter verteidigen konnte.

»Wie bitte?«

»Bei einem Rudel Wölfe bedeutet es das, ja. Aber das ›Omega‹, von dem wir bei dir sprechen, ist nicht das Gleiche.«

»Um was für eine Art von Wesen handelt es sich bei mir denn dann?«

Ran starrte Fenrir an, bis dieser langsam ausweichend zu Boden blickte.

»Ein reinblütiger Omega kann ein Kind gebären, auch als Mann.«

»Ein Kind gebären ...«

Als Mann?!

Fenrir hielt seine schlanke Hand vor den Mund, als würde er den nächsten Teil nur widerwillig aussprechen. »Nur wenn er in der Paarungszeit läufig ist und sich mit einem Alpha einlässt. Die dominante Spezies unter den Inu sind die Alphas. Ein Alpha-Männchen kann seine eigene Art riechen, ohne dass diese das achtzehnte Lebensjahr erreicht haben muss.«

Varnagand hatte vorhin bereits etwas Ähnliches erwähnt.

Bedeutete das dann, dass Fenrir als Alpha tatsächlich auch Omega-Männchen schwängern konnte? Die Paarung mit ihm konnte demnach ein Kind hervorbringen. So die Theorie.

Das Ganze überstieg Rans Vorstellungsvermögen. Es war zu surreal und sein gesunder Menschenverstand sagte ihm, dass ein Mann nicht schwanger werden konnte. Rein biologisch nicht.

»Ich bin ein Mann«, wiederholte Ran wieder und wieder, den Kopf schüttelnd.

»Das ist mir bewusst. Aber du bist auch ein Omega.«

In Rans Brust breitete sich ein beklemmendes Gefühl aus. »Was soll das also bedeuten? Selbst wenn ich während dieser Brunstzeit Sex mit einem Alpha hätte, könnte ich biologisch gesehen doch auf keinen Fall schwanger werden.«

Ran hatte nie vorgehabt, den Rest seines Lebens als Single zu verbringen. Mit seinen achtzehn Jahren hatte er nur eine vage Vorstellung von seiner Zukunft. Er wollte durchaus heiraten, so wie seine Eltern, und irgendwann eigene Kinder haben. Aber das war nichts Konkretes, eine weit entfernte Vorstellung.

Ran selbst war mit ständigen Ortswechseln aufgewachsen und wollte seinen zukünftigen Kindern ein beständigeres Zuhause bieten. Aber damit hörten die konkreten Wünsche an seine hypothetische Familie auch schon auf.

»Ich bin keiner dieser Omegas«, sagte Ran mehr zu sich selbst als zu Fenrir. Solch ein fremdartiges Wesen konnte es nicht geben. »Und selbst wenn ich einer wäre, würde ich während der Paarungszeit keinen Sex haben, nur um der

Kinder oder dem Fortpflanzungswillen wegen.«

»So denkst du darüber?« Fenrir verzog bei der Nachfrage keine Miene.

Auf einmal fühlte Ran sich sehr unwohl in seiner Haut.

»Ja, schon. Aber ...«

Aber? Wieso hinterfrage ich es? Obwohl ich hundertprozentig davon überzeugt bin, dass es unmöglich ist ...

»... besteht die Möglichkeit, dass ich jetzt von dir schwanger bin?«

Wenn alles, was Ran bisher erfahren hatte, stimmte, dann war die zweitägige Affäre zwischen ihm und Fenrir eine Paarung zwischen einem Alpha und einem Omega in der Brunst gewesen. Falls das der Fall war, dann waren die Bedingungen dafür, dass Ran als Mann schwanger werden konnte, erfüllt.

»Man sollte niemals nie sagen. Aber die Wahrscheinlichkeit ist gering. Ziemlich gegen null.«

Puh. Ein Glück ...

Ran schüttelte seine aufkeimende Erleichterung schnell wieder ab und sprach weiter. »Woher weißt du das?«

»Wenn man zum ersten Mal läufig ist, so wie du gerade, ist der Körper oft noch nicht bereit für eine intakte Schwangerschaft.«

»Aha, so funktioniert das also?« Ran entspannte sich, nur, um sich kurz darauf wieder anzuspannen.

Fenrir wirkte, als würde er seine Worte absichtlich vorsichtig wählen, um ihn nicht zu verschrecken. »Ignorieren wir kurz, dass du nicht glaubst, ein Omega zu sein. Für deine Zukunft wäre es so oder so besser, wenn du mehr über sie weißt. Bist du bereit, mir zuzuhören?«

»Bin ich.« Ran sträubte sich dagegen, aber ihm war bewusst, dass Fenrir mehr Ahnung hatte als er selbst. Wenn er davon ausging, dass Ran ein Omega war, stimmte es vermutlich. Nur die Sache mit der Empfängnis ließ ihn weiter zweifeln und stur auf seinen Unglauben beharren.

»Deine paarungsbereite Zeit findet zweimal im Jahr statt. In den ersten paar Jahren sind Zeitpunkt und Dauer nicht regelmäßig. Manchmal dauert sie nur ein paar Tage, manchmal zwei Wochen.«

Selbst zwei Tage davon sind ein unmöglicher Zustand. Wie soll man zwei Wochen aushalten, ohne komplett die Kontrolle zu verlieren?

»Wenn es tatsächlich dazu kommen sollte, dass es so lange anhält, beeinträchtigt das nicht nur dein alltägliches Leben, sondern verursacht auch gesundheitliche Probleme. Deshalb nehmen Omegas in vielen Fällen Medikamente zur Unterdrückung. Sogenannte Hemmer.« Fenrir hielt Ran eine kleine Tüte vor die Nase.

Die hatte Varnagand vorhin mitgebracht, oder?

»Ursprünglich war es ein Medikament, das mit etwas Abstand vor Beginn der Brunst eingenommen wurde. Es wirkt also nicht sofort, aber wenn du es nimmst, kann es helfen, die Symptome zu kontrollieren.«

In der Tüte befanden sich jede Menge kleiner Pillen.

»Natürlich ist die Wirkung von Person zu Person unterschiedlich, aber solange die Medizin anschlägt, wird dich auch die schwächste Dosierung durch den Tag bringen.«

»Und wenn es sehr stark wirkt?«

»Dann unterdrückt es die Läufigkeit vollständig.«

Beeindruckend, dass solche Medikamente existierten. »Gibt es irgendwelche Nebenwirkungen?«

»Leider wissen wir das im Moment noch nicht.«

»Was, warum nicht?«

»Im Grunde genommen unterdrücken sie den Eintritt der Brunstzeit, was wir Inu zuvor noch nie künstlich getan haben. Die tatsächlichen Nebenwirkungen sind bisher unbekannt.«

Und so etwas nehmen die Omegas?

»Himmel, wie bin ich nur in diese Situation geraten ...?«

In den achtzehn Jahren, die Ran bei seinen Eltern gelebt hatte, war er immer froh gewesen, bei seiner Familie sein zu können. Er hatte nur ein stinknormales Leben führen wollen. Aber nein – stattdessen musste er als Wolf geboren werden.

Wieso haben sie mir das nie gesagt? Ich wurde nicht in diese Welt hineingeboren, weil ich es wollte. Wäre es nach mir gegangen, hätte ich diesen Weg definitiv nicht für mich gewählt.

Fenrir atmete leise aus. »Ich bin von deinen Eltern offiziell um deinen Schutz gebeten worden und werde dir beibringen, wie ein Inu zu leben. Dafür musst du in einer Woche am großen Bankett teilnehmen, um dich den anderen Familien vorzustellen.«

»Das klingt furchtbar! Kann ich ablehnen?«

»Da du unter den Inu leben wirst, ist es deine Pflicht, am Bankett teilzunehmen.«

»Ich verstehe.« Weder akzeptierte Ran es innerlich noch war er überzeugt von dem Vorhaben.

Irgendwie ergibt es zwar schon Sinn, an so etwas teilzunehmen und sich die ganzen Inu aus dem Clan mal anzusehen. Aber ob das gut gehen wird ...

»Ob du willst oder nicht, deine Anwesenheit hat sich bereits in der Welt der Inu herumgesprochen.«

»Als Wolf oder als Omega?«

»Als Wolf.«

Ein nervöses Lachen entfuhr Ran. »Dann werde ich vermutlich eine Menge Aufmerksamkeit auf mich ziehen.«

»Vermutlich, ja, aber es gibt keinen Grund zur Sorge. Ich werde auch auf dem Bankett sein, genauso wie Varnagand. Deine Teilnahme dient diesmal nur dem Zweck, den anderen dein Gesicht zu zeigen. Um dich in die Gesellschaft einzuführen sozusagen. Der derzeitige König des Clans ist sich dessen auch bewusst.«

»Was für ein Typ ist der jetzige König?«

Varnagand hatte versichert, quasi prophezeit, dass Fenrir der nächste König werden würde. Allerdings machte Fenrir den Anschein, nur widerwillig darüber sprechen zu wollen. Er zog die Augenbrauen hoch, schaute weg. Öffnete und schloss den Mund wie resigniert wieder.

»Cäsar Saarloos Wolfhund. Mein Vater.«

Allmählich wurde Ran klar, weshalb Fenrir das bisher verschwiegen hatte.

»Und noch etwas ... Damit du teilnehmen kannst, darfst du zur Zeit des Banketts nicht mehr läufig sein.«

»Warum das?«

Bei Rans Frage legte sich Fenrirs Stirn in Falten. »Hast du die Ereignisse am Bahnhof bereits vergessen?«

Ein kalter Schauer lief Ran den Rücken hinunter.

»Ich werde dich nicht zwingen, das Medikament zu nehmen. Aber ich möchte, dass du vorher darüber nachdenkst, wie ich als Alpha auf deinen Omega-Geruch reagiert habe.«

Während er sprach, verstärkte sich Fenrirs Duft. Ran reagierte sofort auf den intensiven Geruch. Unter seinem Bauchnabel und tief zwischen seinen Hüften fing es an zu kribbeln. Genau dort, an der tiefsten Stelle, wo Fenrir ihn in den letzten Tagen einige Male beglückt hatte.

Ran hatte keine Ahnung, ob dieses Gefühl, das sich jetzt ausbreitete, daher rührte, dass er ein Mensch war oder weil er sich in der Blüte seiner läufigen Zeit als Omega befand.

»Willst du damit sagen, dass du sonst gar nicht auf weibliche Omega-Partner reagierst?«

»Doch. Hin und wieder. Allerdings ist mein Instinkt weit von meinem bewussten Willen entfernt und reagiert grundsätzlich auf den stärkeren Triebpartner. Um die Kontrolle zu behalten, nehme ich ebenfalls Hemmer. So gerate ich nicht in ungünstigen Momenten in Versuchung.« Trotzdem wurde er durch Rans Geruch innerlich immer wilder – auch wenn er sich davon zunächst nichts anmerken ließ.

Es ist also möglich, dass nicht nur Fenrir, sondern auch andere Alphas auf die gleiche Weise auf mich reagieren? Ich will mir gar nicht ausmalen, was in dem Fall passieren könnte.

»Okay! Ich werde die Medizin nehmen.«

»Gute Entscheidung. Ich bin wegen der Nebenwirkungen etwas besorgt, weil es deine erste Dosis ist, aber du solltest in der ersten Woche dennoch die doppelte Menge nehmen. Wenn es zu unerwünschten Nebenwirkungen kommt, kannst du die Dosis dann direkt anpassen.«

»Hm, ja, okay. Wenn du meinst, dass das hilft. Soll ich es jetzt einnehmen?«

»Das ist deine Entscheidung. Allerdings ...« Fenrir beendete seinen Satz nicht direkt, sondern legte seine Hand auf Rans. »Mir sind Fälle bekannt, in denen es wirkt, sobald du es einnimmst.«

Die Wärme, die von der Stelle ausging, an der Fenrir ihn berührte, stachelte Rans Erinnerungen an die letzten zwei Tage weiter an. Ob Fenrir sich seiner Wirkung bewusst war?

Das Klopfen von Rans Herz wurde schon seit einiger Zeit lauter und lauter, schneller und schneller. Seine Handflächen waren schweißnass, seine Kehle wurde immer trockener. Seit Varnagand gegangen war, füllte sich der Raum immer mehr mit ihren körpereigenen Gerüchen.

Wie Fenrir zuvor erklärt hatte, war Rans Triebgefühl nicht plötzlich verschwunden, sondern nur etwas abgeklungen, während sie alles besprochen hatten. Aber trotz all dieser Infos, die auf ihn eingeprasselt waren, trotz der Geschichte der Inu und der Aufklärung, was ein Omega war, war die Zurückhaltung keine leichte Sache gewesen. Ran wollte daran festhalten, dass Männer nicht schwanger werden konnten – und doch blieb ihm nichts anderes übrig, als sich einzugestehen, dass sich etwas in ihm nach Fenrir verzehrte, seit er erfahren hatte, dass es möglich war.

Fenrir würde ihn nicht anlügen, dessen war Ran sich sicher. Nicht, wenn es um so etwas ging. Rans Vertrauen in

Fenrir war trotz der kurzen Zeit, in der sie sich erst kannten, unfassbar groß. Und genau dieses Vertrauen war es auch, dass Ran immer mehr dazu gebracht hatte, sich seiner wachsenden Lust hinzugeben.

Ihre beiden Körper waren wieder ausgeruht. Genährt. Und ein Körper voller Kraft war auch ein Körper voller Verlangen.

Normalerweise sollte das Medikament sofort eingenommen werden ... Werden sich meine Gefühle für Fenrir dadurch verändern?

Der Gedanke sorgte dafür, dass Ran sich gar nicht mehr von Fenrir lösen wollte. Das – und die ansteigende Hitze, die sich bereits auf seine Haut legte. Der intensive Duft von Fenrir rief lebhafte Erinnerungen an die letzte Nacht in Ran wach: Ihre Körper, eng ineinander verschlungen. So als wären sie dazu bestimmt, eins zu sein. Ihre Haut, die feucht von dem glänzte, was sie aufeinander hinterlassen hatten.

Zwischen Rans Oberschenkeln zuckte es. Er presste die Beine fest zusammen, leckte sich unbewusst über die Lippen. Fenrir griff nach seiner freien Hand. Erst da fiel Ran auf, dass die Haut an einem seiner Finger gerötet war.

»Oh. Ich habe mich wohl geschnitten.«

Fenrir leckte wie selbstverständlich über den blutverschmierten Finger. Lüstern, als wollte er Ran mit seiner tänzelnden Zunge eine Show vorführen.

»Willst du deine Medizin denn gar nicht nehmen?«, fragte Fenrir provozierend.

Wie fies, schoss es Ran durch den Kopf.

Erst erklären, dass die Medikamente eine sofortige Wirkung haben könnten und dann diese sexy Stimmung aufbauen ... Ran würde nach der Einnahme wohl nicht mehr auf den süßen Geruch reagieren und das Kribbeln in seiner unteren Körperregion würde nachlassen. Wer konnte dem schon widerstehen?

»Später«, hörte Ran sich sagen. »Ich nehme es später.«

Als die Worte zu ihm durchdrangen, stand Fenrir ruckartig auf. Ran tat es ihm nach, wurde von Fenrir umarmt und zum Bett geführt. Sie ließen sich in die zerwühlten Laken fallen und ihre Lippen suchten und fanden sich keinen Herzschlag später.

»Hng ... Mmh ... Hah ...«

Ihre Zungen eng miteinander verwoben, schmeckten sie den Speichel des jeweils anderen. Fenrirs Hände schoben Rans T-Shirt hoch, fuhren über seine Brust hinab bis zur Wölbung in Rans Hose. Instinktiv hob Ran seine Hüften an und merkte, wie er weiter anschwoll, als Fenrirs Finger über ihn strichen.

Die hastigen Bewegungen machten deutlich, wie ungeduldig Fenrir war. Ran half ihm. Er hob den Hintern an, schob seine Hose nach unten, die Beine aufgestellt und seine Knie weit geöffnet.

Fenrir vergeudete keine Sekunde und beugte sich über Ran. »Ran ...« Vorsichtig strich Fenrir seinen Pony zurück. Blickte ihm tief in die goldenen Augen. »Wunderschön ...« Er hauchte einen Kuss auf Rans Augenlider – und schob seine steife Begierde langsam in ihn hinein.

»Ahh ...!«

Fenrirs Spitze drang mit Leichtigkeit in Ran, auch ohne

Vorspiel diesmal. Ran war von ihren letzten Aktivitäten immer noch vorbereitet genug.

Fenrir betrachtete sein Gegenüber eindringlich und bewegte sich nur vorsichtig. »Wow, du verschlingst mich regelrecht ...«

Ran selbst hob den Kopf, um die Stelle sehen zu können, an der sie miteinander verschmolzen – und riss ihn dann ruckartig zurück, als Fenrir endlich richtig zustieß.

»Spürst du es auch? Wie tief du mich aufnehmen kannst?«, fragte Fenrir.

Ran konnte nur nicken. Er streckte seine Hand über seinem Unterbauch aus und fühlte. »Genau hier ...«

Mit einem leichten Stoß traf Fenrir auf einen kleinen Widerstand, und alles in Ran kribbelt und pochte. Die Stimulation von innen und außen ließ Fenrirs Schwanz nur noch härter werden.

»Haaah!«

»Fühlt sich das gut für dich an?«

Fenrir stieß immer härter zu und schob Rans Körper mit jedem Mal weiter das Bett hinauf. Um ihn zu fixieren, hielt Fenrir ihn an den Oberschenkeln fest.

»Ah, nein ...! Zu doll ...«, wimmerte Ran.

»Versuch, dich noch mehr zu entspannen.«

In der nächsten Sekunde wurde Rans Körper zur Seite gedreht. Ganz automatisch spannte er die Muskeln rund um seine Hüften dadurch an – und dennoch drang Fenrir ohne große Anstrengungen tief und tiefer in ihn ein.

»Ah ...! Hah ... Hng ...!«

Fenrir war geschickt in dem, was er tat. Ran ertappte

sich dabei, wie er sich so unter ihm wand, dass der silberhaarige Mann noch weiter in ihn stoßen konnte.

Irgendwas ist anders. Es ist so gut ... Ich fühle mich so gut ...

Rans Welt drehte sich und seine Gedanken verschwammen, und als Fenrir Rans Glied in die Hand nahm, erzitterte er am ganzen Körper.

Er erinnerte sich, das Gleiche schon einmal gefühlt zu haben. Es war während des Aktes am zweiten Tag gewesen, als Fenrir sein tiefstes Innerstes erreicht hatte. An dieser Stelle in ihm wurde Fenrirs Glied regelrecht aufgesaugt und von Rans Muskulatur festgehalten.

»Aaah!« Lust erfüllte Rans Geist und Körper vollständig. Die Bewegungen beider wurden immer unkontrollierter. Ihre Leiber bewegten sich, hin und her, vor und zurück.

»Wenn du so weitermachst, komme ich gleich ...!«

Mit einem Hauch von Vernunft im Leib oder von einer außenstehenden Person wäre diese Art von Lust als verrückt erklärt worden.

Weißer Nektar tropfte langsam aus Rans Spitze. Ein unbändiges Hochgefühl führte seinen Körper zur Ekstase.

»Spritz ab. Komm für mich. Du kannst alles rauslassen, was noch übrig ist ...«, hauchte Fenrir atemlos. Seine harten Stöße trafen Rans tiefste, empfindlichste Stelle.

»Noch nicht, oh nein ...! Nicht dort ...! Ich komme, ich komme, ich komme!«

»Ran ...!«

»Aaah!«

Fenrirs Rücken krümmte sich heftig, sein Glied drang tief in Ran, und im nächsten Moment floss die weiße, klebrige

Flüssigkeit an Fenrirs Schwanz vorbei aus Rans Hintern. Gleichzeitig spürte Ran, wie sich Fenrirs heiße Samen in seinem Innersten ausbreiteten. Jede einzelne, hungrige Zelle seines Körpers reagierte, suchte nach Fenrirs Sperma. Sein Hintern pulsierte und hielt Fenrir fest in ihm, um alles aufzunehmen, was dieser herausspritzte.

Fenrir reagierte auf die Enge. »Hng... Ran!« Sein Glied pulsierte stark, und das Pochen erregte Ran von Neuem.

»Nein ...! Ich komme sonst nochma... Aaah!«

»Oh, Ran ...! Ran!«

Stöhnend begann Fenrir ein weiteres Mal, seine Hüften rhythmisch zu bewegen. Wieder und wieder stieß er in Ran.

Kapitel 6

Es war also entschieden: Ran würde in einer Woche den anderen Familien des Clans vorgestellt werden. Bis dahin würde er die Tage in Fenrirs Wohnsitz in Hiroo verbringen. Die Sicherheitsvorkehrungen hier waren so streng, dass es praktisch unmöglich war, anderen Menschen zu begegnen.

Fenrir hatte erklärt, dass Rans Anwesenheit in der Welt der Inu bereits bekannt war, und dass es Leute geben würde, die die Häuser der Familie Saarloos in Japan aufsuchen würden, um ihn so schnell wie möglich zu Gesicht zu bekommen. Demnach war der tatsächliche Grund, warum er in der Wohnung in Hiroo bleiben musste, dass nur wenige Leute von ihrer Existenz und ihrem Standort wussten und nicht damit rechneten, Ran dort vorzufinden.

Für die Saarloos war es wichtig, Rans Sicherheit bis zum Tag des Banketts zu gewährleisten, aber Fenrir und Varnagand waren meistens beschäftigt, weshalb Ran die letzten zwei Tage im Grunde allein gewesen war. Scheinbar war diese Wohnung nur Fenrirs zweiter Wohnsitz, und er und Varnagand arbeiteten meist im Haupthaus der Familie.

Einmal bat Ran darum, das Haupthaus besuchen zu dürfen, wurde allerdings mit einem knappen »Nicht jetzt« abgewiesen. Weil zu viele Besucher im Haupthaus ein- und ausgingen, hieß es. Rans feierliche Vorstellung musste erst noch stattfinden – und bis dahin durfte er keiner potenziellen Gefahr ausgesetzt werden. Erst nach dem Bankett würde Ran offiziell in den Clan eingeführt werden und ein Sicherheitssystem mit Bodyguards bekommen, die ihm Tag und Nacht zur Seite standen.

Er bekam Essen, Kleidung und die Unterkunft gestellt, aber er hatte keine Freiheiten und kaum Privatsphäre. Wenn er sich dagegen wehren wollte, redeten Fenrir und Varnagand schnell auf ihn ein. Er sei zu unwissend, um einschätzen zu können, welchen Wert er für den Clan hätte.

Ran bekam die Aufgabe, sich Dokumente zur Clan- und Familiengeschichte anzuschauen und die Gesichter und Namen von allen auswendig zu lernen. Dazu zählten die Mitglieder der Neun Familien genauso wie die anderen teilnehmenden Clans, die Ran bis zum Ende ihrer gesamten Ahnenreihe kennen musste. Die Informationsmenge, die er bekam, war gigantisch. Ihm blieb nichts anderes übrig, als seinen Tag damit zu verbringen, den Computerbildschirm anzustarren. Und ein Teil von ihm war sich sicher, dass dahinter Kalkül steckte: Je mehr er zu tun hatte, desto geringer war die Chance, dass er einen Fluchtversuch starten würde.

Morgens brachte ein Lieferant, den Fenrir beauftragt hatte, Ran seine Mahlzeiten. Das Essen war in drei Pakete aufgeteilt und sah wirklich köstlich aus, aber schon am zweiten Tag blieb Rans Appetit beim Anblick der in Plastik verpackten Einzelportionen aus.

Fenrir hatte Ran gesagt, er würde vorbeikommen, wenn er die Zeit dazu fände. Allerdings klingelte auch am dritten Morgen nur der Lieferant mit dem Essen für den Tag.

Ran quittierte die Annahme und stellte die Plastiktüte mit dem Essen auf den Küchentisch. »Wieder allein ...«

Ein beklemmendes Gefühl der Einsamkeit machte sich in ihm breit. Bevor er sich darin verlieren konnte, klingelte sein Smartphone. Hektisch fingerte er es aus seiner Hosentasche und sah Fenrirs Namen auf dem Display aufleuchten. Sein erster Instinkt war, sofort abzunehmen – doch irgendetwas ließ ihn zögern.

Rans eigener Stolz stand ihm im Weg. Er wollte nicht, dass Fenrir wusste, wie sehr er sich auf dessen Stimme und Gesicht freute. In dieser sinnlosen Sturheit verstrich ein weiterer Moment, den Ran dazu nutzte, um seine Haare glatt zu streichen.

Er hätte etwas Schickeres anziehen können, dachte Ran, als er den Videoanruf entgegennahm. Etwas anderes als seine alte Jeans und das langweilige Hemd. Dagegen war Fenrir immer wunderschön, selbst auf dem Bildschirm. Nur dass Ran ihn diesmal nicht sah, denn der Bildschirm blieb schwarz und seine Vorfreude verflog so rasch, wie sie ge-kommen war.

»Fenrir ...?«

»Guten Morgen, Ran. Hast du schon gefrühstückt?«

Ran hörte Fenrir klar durch den Lautsprecher, aber das Bild blieb weiterhin aus. Er freute sich über Fenrirs tiefe

Stimme, gleichzeitig war ein Teil von ihm enttäuscht, den Mann nicht sehen zu können.

»Ich fange gerade erst an. Was ist los? Ich kann dich nicht sehen.«

»Es gibt seit gestern Abend eine Störung. Wir arbeiten daran, sie zu beheben, aber es besteht die Möglichkeit, dass wir gehackt wurden, weshalb ich dich für den Rest des Tages nicht kontaktieren werde.«

»Warum machst du dann nicht einfach frei und kommst her?« Der Wunsch verließ Rans Mund schneller, als er nachdenken konnte.

»Ich würde ja gerne, aber heute treffen sich die Mitglieder der Neun Familien, um das Bankett und die weitere Vorgehensweise zu besprechen.«

Allmählich rückte der große Tag näher.

»Ach so ... Verstehe.«

»Wenn du möchtest ... Es könnte spät werden, aber vielleicht kann ich dennoch kurz vorbeikommen.«

»Wirklich?« Rans Stimme war eine Oktave höher als sonst. Er konnte nicht anders, auch wenn er sich eigentlich nicht die Blöße geben wollte, wie frisch verliebt zu wirken.

»Ich muss sowieso noch ein paar Sachen aus meinem Zimmer holen, um mich auf das Treffen vorzubereiten. Das könnte ich verbinden.«

»Was genau brauchst du denn? Wenn du mir sagst, wo es ist, kann ich es dir auch bringen.« Ran bemühte sich, nicht allzu aufgeregt zu klingen. Es wäre die perfekte Möglichkeit, mal wieder vor die Tür zu kommen und Fenrir gleichzeitig von Angesicht zu Angesicht zu treffen.

»Einen USB-Stick. Er müsste in einem der Regale in meinem Arbeitszimmer liegen.«

Schnell kritzelte Ran sich die Info auf ein Stück Papier.

»Ich bin dir dankbar für das Angebot, aber du solltest vor dem Bankett nicht allein rausgehen. Ich werde selbst nach dem Stick suchen, wenn ich heute Abend nach Hause komme.«

Selbst durch die Leitung war die Anspannung zu spüren, die von Fenrir ausging. Er musste unter großem Stress stehen.

»Ich melde mich später bei dir.«

»Okay.«

Nach dem Auflegen kam das dumpfe Gefühl in Rans Brust zurück. Er fühlte sich, als wäre er wie ein Gegenstand in dieser Wohnung abgestellt und vergessen worden. Dass er Fenrir nicht einmal zu sehen bekommen hatte, verstärkte das nur.

Wie egoistisch von mir. Immerhin ist Fenrir nur jemand, der auf Wunsch meiner Eltern meinen Schutz übernommen hat. Auch wenn ich gerade in Fenrirs Appartement wohne, habe ich keine echte Zukunftsperspektive. Zumindest nicht mehr, seit ich entdeckt habe, was ich wirklich bin.

Solang es Menschen gab, die die Inu verfolgten, würde ein normales Leben für Ran nicht mehr infrage kommen. Und als Omega mit Wolfsblut galt das für ihn noch doppelt. Nicht dass er mit dem Wissen, dass er jetzt hatte, überhaupt noch einen gewöhnlich Alltag hätte anstreben können.

In dieser bedrückenden Situation war es Fenrir, der für Ran immer mehr zu einem sicheren Hafen wurde.

Wenigstens hatte das Medikament sofort gewirkt, nachdem Ran es endlich genommen hatte. Zuvor hatten sein Geist und Körper sich nur noch nach Sex verzehrt. Ein seltsamer Zustand, der mit der Pille verschwunden war. Seine Triebe waren schwächer geworden und Fenrir roch er auch nicht mehr so intensiv wie zuvor.

Zwischendurch fragte sich Ran, ob das alles nicht ein Fiebertraum gewesen war. Allerdings brauchte er nur das Bad zu betreten und die Striemen und Narben zu betrachten, die auf seinem Körper verteilt waren, um zu wissen, dass es tatsächlich passiert war.

Ein Clan der Inu.

Ein Wesen, das ein Wolf war.

Ein Körper, der — obwohl er biologisch männlich war — fruchtbare Phasen hatte, um den Fortbestand des Clans zu sichern.

Ran brummte der Schädel. Er schob es auf die ganzen Dokumente über die Inu, die er in den letzten Tagen durchgearbeitet hatte. Die Informationen wirbelten in ihm durcheinander, und er hatte niemanden, mit dem er sie teilen konnte. Angst, den Rest seines Lebens auf diese Weise verbringen zu müssen, keimte in ihm auf. Allein und einsam in einer für ihn so fremden Welt.

Bei dem Gedanken wurde ihm ganz übel. Er ließ sich auf das Sofa sinken.

»Alles in Ordnung. Mir geht es gut ...«, redete Ran sich selbst ein. Er atmete wiederholt tief ein und aus, um seinen schneller gewordenen Herzschlag zu beruhigen. Dieses Gefühl der Panik schlummerte schon seit gestern Abend in ihm. Seit er in diesem großen Zimmer allein war und immer mehr das Gefühl bekam, als wäre er der einzig verbliebene Mensch auf Erden.

Einzig der Gedanken daran, dass er Fenrir bald wiedersehen würde, ließ ihn hoffen. Wie würde er reagieren? Was würde passieren, wenn sie sich wiedersahen? Mit diesen Gedanken schloss Ran die Augen und schlief ein.

* * *

Das wiederholte Klingeln der Gegensprechanlage riss Ran aus dem Schlaf. Schwungvoll stand er vom Sofa auf und warf einen Blick auf die Uhr. Kurz nach elf.

Es klingelte ein weiteres Mal.

Hat Fenrir seinen Schlüssel vergessen?

Fenrir hatte Ran die strikte Anweisung gegeben, niemals die Tür zu öffnen. »Varnagand hat ab und zu im Haus zu tun und eine Sicherheitszugangskarte. Genauso wie ich.«

Ran war von seiner Vorfreude, Fenrir zum ersten Mal seit einer gefühlten Ewigkeit wiederzusehen, zu abgelenkt. Als er die Tür aufschloss und einem fremden Mann gegenüberstand, verstand er nicht sofort, was los war.

Der Mann war groß, schlank, mit blasser Haut. Sein Körper war athletisch und muskulös, seine Beine steckten in einer engen Hose und sein Oberkörper war in eine Lederjacke gehüllt. Er hatte weiches, glattes, dunkles Haar, das ihm bis über die Schultern reichte. Er trug auffällige Armreifen aus Stein, die seine beiden Handgelenke schmückten und starrte mit tiefblauen Augen auf Ran hinab.

»Wer bist'n du?«, fragte der Fremde.

Anders als der Mann wusste Ran genau, wen er vor sich hatte. Der raue Akzent hatte ihn sofort verraten. »Du bist Jahangir Saluki von den Persischen Windhunden, oder?«

»Woher kennst du meinen Namen?«

»Eine Familie, der Art her von arabischer Herkunft, die für den Rohstoffsektor zuständig ist. Dein Vater, Timur, ist sechsundvierzig Jahre alt und Ölhändler. Ihr seid mit der Familie der Afghanischen Windhunde entfernt blutsverwandt«, ratterte Ran die Informationen runter.

Das Foto auf der Stammtafel, die Ran in den letzten zwei Tagen unablässig angestarrt hatte, musste aufgenommen worden sein, als Jahangir jünger gewesen war. Der Jahangir, der jetzt vor Ran stand, musste etwa zwanzig sein, aber das Foto auf der Stammtafel zeigte einen Jungen, der nicht älter als zehn gewesen sein konnte.

Es hieß, dass die Inu nicht direkt mit ihren namensgebenden Rassen verwandt waren. Aber seltsamerweise hatten bisher alle Menschen des Clans ein ähnliches Aussehen wie ihre zugehörige Rasse. Im Fall von Fenrir war er das menschliche Abbild des göttlichen Wesens, von dem er seinen Namen hatte. Jahangir war, wie der echte Saluki-Windhund, schlank und drahtig.

»Ich frage dich noch einmal. Wer bist du? Und wo steckt dieser verdammte Fenrir?«

Auf die erneute Nachfrage hin begriff Ran endlich, in was für einer misslichen Lage er sich befand. Scheinbar war Jahangir nicht wirklich an Ran selbst interessiert, sondern am Hausherren persönlich.

Jahangir wurde als männlicher Erstgeborener und einziger Alpha von achtzehn Geschwistern aufgelistet. Seine Gesichtsform war der seines Vaters gar nicht so unähnlich, aber sein sonstiges Aussehen war wohl stärker vom Blut seiner Mutter beeinflusst worden und verlieh Jahangir eine einzigartige Aura. Er war etwas kleiner als Fenrir, aber immer noch groß genug, dass Ran zu ihm aufschauen musste.

Ich hätte die Tür nicht öffnen sollen.

Fenrir und Varnagand hatten ein ähnlich ungeduldiges Glühen, wenn Ran so darüber nachdachte.

Ist das etwas, bei dem alle Inu gleich sind? Die Antwort darauf würde Ran erst finden, wenn er alle Mitglieder des Clans der Inu getroffen hatte.

»Hey, du! Halloho?«

Ran war so sehr in seine Gedanken vertieft, dass er quasi durch die Person vor sich hindurchschaute und sie nicht richtig wahrnahm. »Meinst du mich?«

»Wen sonst?«, erwiderte Jahangir genervt. »Ich hab' gefragt, wo dieser Fenrir steckt?!«

Ran kam wieder zu sich und antwortete. »Auf der Arbeit.«

»Und wo arbeitet er?«

»Mir wurde nur etwas von einem Haupthaus gesagt.«

»Hä? Ist das hier nicht der Hauptsitz der japanischen Saarloos Wolfhunde?«

»Wenn du ein Mitglied des Clans der Inu bist, solltest du das doch herausfinden können, oder? Ich habe nur gehört, dass sich die Familien heute in der Hauptresidenz versammeln.«

Eine Lüge. Ran schob es auf Jahangirs ungestümes Verhalten. Er musste ihm nicht antworten – und sollte es besser auch nicht. Es gab keinen Grund, ihn mit der Nase darauf zu stoßen, dass Fenrir heute noch hierher zurückkommen würde.

Obwohl Ran Fenrir erst vor Kurzem kennengelernt und von der Existenz der Inu erfahren hatte, konnte er nicht anders, als sich instinktiv mit Jahangir zu vergleichen. Was dabei herauskam, machte ihn neidisch, denn Jahangir kannte Fenrir sicher schon länger. Und damit eine jüngere Version von ihm, die Ran verborgen blieb.

Ran war sich mehr als bewusst, dass seine Gedanken keinen Sinn ergaben. Allerdings war Fenrir in dieser Situation die einzige Person, der Ran vertrauen konnte. Und obwohl ihre Begegnung zufällig gewesen war, war ihre körperliche Anziehung stark. Fenrir war die Person, die Ran aktuell am nächsten stand, und er konnte nicht anders, als eifersüchtig auf die Existenz einer engeren Beziehung in Fenrirs Leben zu sein. Auch wenn Fenrir nur sein hypothetischer Partner war.

In den Dokumenten wurde erwähnt, dass Jahangir als Kind im Hauptwohnsitz der Saarloos gelebt hatte. Was wiederum bedeutete, dass Fenrir sich um ihn gekümmert haben musste. Ran hatte eine Notiz gesehen, in der erwähnt wurde, dass Jahangir zu Fenrir wie zu einem älteren Bruder aufsah.

Selbst wenn die beiden wie Brüder sein sollten, kannte Ran sie und ihre genaue Beziehung zueinander eigentlich gar nicht. Sein kindisches Verhalten gegenüber Jahangir war unmöglich. Nicht zuletzt, weil dieser ein Mitglied der Neun Familien war. Eigentlich sollte Ran höflich zu ihm sein. Vor allem falls der Alpha sich ebenfalls für den Thron des Clans interessierte.

Ran führte seine Abneigung darauf zurück, dass Jahangir so arrogant wirkte. Fenrir war Ran gegenüber zumindest grundlegend höflich gewesen, und das, obwohl sein Vater der amtierende König war.

Mit jeder Sekunde, in der Ran weiter schwieg, wirkte Jahangir neugieriger. »Okay. Dann red' ich halt zuerst mit dir. Wer bist du und was hast du mit Fenrir zu schaffen? Warum bist du hier?«

»Ich stehe in der Schuld der Familie Saarloos.«

»Wenn du ein Diener in Fenrirs Haus bist, müsstest du doch zumindest wissen, wo das Haupthaus von den Saarloos ist, oder? Sag mir, wo Fenrir ist. Ich muss mit ihm reden.«

»Nein, weiß ich nicht«, antwortete Ran schnell.

»Hä? Was soll das?«

»Ich bin kein Diener. Ich bin ein Gast des Hauses Saarloos. Ich habe nicht das Recht, anderen ohne Erlaubnis von dem Sitz zu erzählen, in dessen Obhut ich mich befinde.«

»Gast, Diener, was auch immer. Du weißt, dass ich ein Saluki bin, nicht wahr? Du weißt also auch, was mit dir passieren wird, wenn du einem Saluki nicht gehorchst. Also antworte mir sofort!«

Ran seufzte.

Da plustert sich aber jemand ganz schön auf, der gar keine Ahnung hat..

»Ich lehne es ab, dir zu antworten.«

»Du verdammter, kleiner ...!«

»Wenn du mit ihm reden willst, ruf ihn doch an!«

»Ich erreiche ihn nicht. Deshalb bin ich überhaupt erst hierhergekommen.« Jahangir packte Rans Arm und griff nach dem Kragen seines Hemdes. »Ich habe dir gesagt, du sollst es mir verraten, also spuck's schon aus!«

Jahangir war Ran viel zu nahe. Die sonnengebräunte Haut und die markante Form seiner Augenbrauen verliehen ihm einen siegessicheren Ausdruck. Erwartungsvoll starrte er Ran an.

»Was ist mit deinen Augen?«

Überrumpelt blinzelte Ran.

»Es heißt, Fenrir hätte ein seltenes Wesen gefunden, das unter den Saarloos ausgestorben sei. Und dass er es bei einem Bankett allen vorstellen will. Bist du das etwa?«

Seine Augen. Ran hatte vergessen, dass sie ihn als reinrassigen Wolf enttarnten. Von dem Essenslieferanten abgesehen, hatte ihn die ganze Zeit niemand gesehen. Deswegen hatte er die meiste Zeit im Appartement ohne Kontaktlinsen und mit hochgeklipptem Pony verbracht.

Ran versuchte, sich aus dem festen Griff zu lösen, aber Jahangir war stärker und gab keinen Millimeter nach. Von einem zukünftigen Familienoberhaupt und Alpha war nichts anderes zu erwarten.

Jahangir drückte seine Nase gegen Rans Kragen und sog tief die Luft ein. So als würde er Rans Geruch aufnehmen. »Es ging um einen ... wie war der Name? Ran? Ran Magami, oder?«

Rans Unbehagen nahm zu und brachte ihn dazu, sich stärker gegen Jahangirs Griff zu wehren. »Lass mich los!«

»Was ist das für ein Geruch?«

Der wahre Geruch erreichte Jahangir nicht sofort – vermutlich wegen des Medikaments, das Ran eingenommen hatte. Ran biss sich auf die Unterlippe und drehte das Gesicht abwehrend zur Seite.

»Bist du etwa ein Wolf?« Ungläubig musterte Jahangir Ran. »Und was soll die Trotzreaktion? Ist dir klar, was passiert, wenn du dich gegen die Neun Familien stellst? Dann ist es völlig egal, wie viel Wolf du in dir trägst.«

Endlich konnte Ran zurückweichen. Seine Antwort war schnippisch. »Keine Ahnung, was wird dann passieren? Es heißt doch, dass der Wolf eine dominante Stellung in der Welt der Inu hat. Dass er sogar die Neun Familien übertreffen würde.«

»Was sagst du da ...!«

Ran hatte sich die Freiheit genommen, mehr in das hineinzuinterpretieren, was Fenrir und Varnagand ihm neulich erzählt hatten. Damit hatte er wohl einen wunden Punkt getroffen.

Trotzdem machte Jahangir keinen Rückzieher. »Sicher, Wölfe sind dominanter. Aber das heißt noch lange nicht, dass du wirklich ein Wolf bist.«

»Was meinst du damit?«

»Genau das, was ich gesagt habe. Selbst wenn du wirklich ein Wolf bist, hilft es dir nichts, wenn die Inu nicht mit dir einverstanden sind.«

»Trotz meiner goldenen Augen?«

»Mit der Farbe deiner Augen kannst du machen, was du willst. Stell dich auf den Kopf, wenn's dir Spaß macht.«

»Ist das dein Ernst?«

»Wenn dieser verdammte Fenrir nicht da ist, müssen wir die Angelegenheit verschieben.«

Was habe ich mir dabei gedacht, so viel mit einem Fremden zu reden?

Jahangir packte Ran wieder am Arm. »Dann werde ich dich eben an diese Bastarde verkaufen.«

Ein Schauer jagte Rans Rücken hinunter. »Was hast du vor?!«

»Du solltest lieber noch ein wenig schlafen ...«

Bevor Ran reagieren konnte, küsste Jahangir ihn. Mit weit aufgerissenen Augen starrte er Ran dabei an, schob seine Zunge zwischen dessen geöffnete Lippen ... und zerdrückte die Pille, die er selbst im Mund gehabt hatte, auf Rans Zunge.

Was soll das?

Ran versuchte, sich zu wehren. Er versuchte, Jahangir zu entkommen, aber dieser packte ihn an der Taille und zog seinen Kopf an den Haaren grob nach hinten, bis Ran sich nicht bewegen konnte.

Die Droge löste sich langsam in Rans Speichel auf. Jahangir löste sich von Ran und wischte sich den Mund grob mit dem Handrücken ab, als hätte er etwas Schmutziges berührt.

Obwohl Jahangir endlich von ihm abgelassen hatte, war Ran nicht in der Lage, sein eigenes Gewicht zu halten. Seine Sicht verschwamm und er taumelte.

»Was war das für ... ein Mittel?«

»Du wirst weder mir noch Fenrir dabei im Weg stehen, der nächste König zu werden. Und um sicherzugehen, wirst du eine Weile von der Bildfläche verschwinden müssen.«

Es musste ein Schlafmittel gewesen sein. Ran war wie gelähmt. Er konnte nicht mehr sprechen und eine betäubende Müdigkeit breitete sich in ihm aus.

Der nächste König. Darum geht es ihm also. Jahangir ist auch hinter dem Titel »König der Inu« her.

»Es gibt Menschen, die von den Körpern der Inu begeistert sind. Wenn es sich dabei auch noch um einen Wolf handelt, wären sie bestimmt hellauf begeistert.«

Jahangirs Lachen aus tiefster Kehle begleitete Ran bis in seine Bewusstlosigkeit.

Kapitel 7

»Wie geht es ihm?«, fragte Varnagand, nachdem Fenrir aufgelegt hatte. Er hatte keinen Blick auf das Telefon werfen müssen, um zu wissen, mit wem Fenrir telefoniert hatte.

»Er schmollt«, antwortete Fenrir mit einem schiefen Lächeln.

Varnagands Augen weiteten sich etwas vor Überraschung, ehe er den Ausdruck schnell wieder abschüttelte. »Er fängt an, dich mit seiner niedlichen Art um den Finger zu wickeln.«

»Ran war von Anfang an süß, oder?«

Varnagand starrte Fenrir sprachlos an. »Bist du wirklich der Fenrir, den ich kenne?«

»Ich fühle mich nicht anders. Oder siehst du einen anderen Fenrir vor dir?«

»Na ja ...« Varnagand zuckte mit den Schultern. »Zumindest war der Fenrir, den ich bisher kannte, nicht der Typ der ohne zu zögern über seine Gefühle reden würde.«

Fenrir verstand die Intention hinter Varnagands Aussage nicht. »Wer hat denn damit angefangen?«

Ein verdutzter Ausdruck breitete sich auf Varnagands Gesicht aus. »Dir ist das gar nicht bewusst, oder? Oh je.«

»Überzeug dich nächstes Mal einfach selbst davon, wie niedlich Ran ist und lass uns das Gespräch darüber jetzt endlich beenden.«

Varnagand wollte sich nicht in die Sache zwischen Fenrir und Ran hineinziehen lassen – aber aus irgendeinem Grund lehnte er die Idee, nach der Besprechung mit zu Ran zu gehen, auch nicht sofort ab.

»Wir sollten heute Abend wahrscheinlich unsere weitere Vorgehensweise besprechen.«

»Ich dachte, du wolltest nur zu ihm, um ihn zu sehen?«

Fenrir stieß einen leisen Seufzer über Varnagands Unterton aus.

»Wenn es unbewusst ist, ist das in Ordnung. Solange du dich dadurch von deinen Zielen nicht abbringen lässt, ist es mir egal.«

Varnagands Worte waren ungewohnt scharf. Sie verblüfften Fenrir und ließen ihn sprachlos zurück.

* * *

Bereits in der Antike hatte es Menschen gegeben, die das Blut der Inu für etwas Besonderes hielten. Krankheiten waren nur dank der Körperflüssigkeiten der Inu geheilt oder verhindert worden. Was jedoch nicht stimmte, war die moderne Legende, dass das Fleisch eines Inu Menschen vor jeder Krankheit würde schützen können. Oder dass man durch den Verzehr unsterblich wurde.

Fanatiker verehrten die besonderen Wesen mit den Eigenschaften der Inu und Wölfe bedingungslos. Auch wenn diese in modernen Zeiten keine sichtbaren besonderen Fähigkeiten mehr hatten. Ihre Leben waren, allein wegen der Kontrolle, die sie im Geheimen über die Gesellschaft ausübten, unfassbar viel wert.

Auf gewisse Weise konnte Fenrir diese fanatischen Menschen und ihre Denkweise sogar verstehen. Weder ließ er sich auf ihre Ideen ein, noch leugnete er ihre Existenz. Solange es nur darum ging, ihren Glauben auszuleben, sollten sie tun und lassen, was sie wollten. In der Hinsicht war Fenrir anders als sein Vater, der die gesamte Bewegung ablehnte und sie am liebsten auslöschen wollte.

Fenrir war grundsätzlich pazifistisch veranlagt und mochte keine Konflikte. Das machte ihn jedoch nicht zum Wohltäter. Er hatte immer den Standpunkt vertreten, keinen unnötigen Aufruhr verursachen zu wollen und beteiligte sich deshalb auch nicht an den Machtkämpfen innerhalb des Clans. Doch die wenigsten Mitglieder ließen eine solche Einstellung durchgehen.

Die silberne Schönheit. Seit seiner Kindheit wurde er wegen seines majestätischen Aussehens so genannt. Die Leute glaubten, dass er von den Göttern selbst bevorzugt wurde – und dieser Glaube ging sogar so weit, dass der älteste Sohn einer Tschechoslowakischen Wolfhybridfamilie seinen Namen ändern musste. Aus Fenrir wurde Varnagand. Obwohl ihre Namen beide die gleiche Herkunft bezeichneten, war Fenrir gezwungen, ein Leben im Licht zu führen und Varnagand eines in seinem Schatten einzunehmen.

Als Fenrir die schicksalhafte Wahrheit über Varnagand — seinen Freund, der mehr wie ein älterer Bruder war — entdeckt hatte, ärgerte er sich das erste Mal über seine Position. Und als wäre das nicht genug, war seine Wut mit den Jahren nur schlimmer geworden. Andere Menschen wurden involviert und Fenrirs Stellung war von seltsamen Anforderungen geprägt.

Fenrir war früher geschlechtsreif gewesen als andere. Mit gerade einmal vierzehn Jahren war es dem Dienstmädchen, das sich um ihn gekümmert hatte, aufgefallen. Seine Familie hatte ihn daraufhin eingesperrt und ihn gezwungen, mit einer Jungfrau Sex zu haben — alles nur, um seine reinen Gene in der Familie zu halten.

Glücklicherweise war es seine erste Brunst gewesen. Die Jungfrau war nicht schwanger geworden. In Fenrir, der bis dahin wie ein göttliches Wesen behandelt worden war, hatte der Angriff und der erzwungene Sex eine tiefe Wunde hinterlassen. Eine Wunde, aus der sich eine starke Abneigung gegen Sex — und eine noch stärkere gegen Frauen entwickelt hatte.

Folglich hatte sich Fenrir bis zu seinem jetzigen Alter nie ernsthaft mit jemandem »gepaart«. Der einzige Grund, weshalb der Clan ihm das durchgehen ließ, war, dass Fenrir nun einmal Fenrir und für den Clan zu wertvoll war.

Der Vorfall wurde hinterher als »Versuch« heruntergespielt. Nur wenige Menschen wussten überhaupt davon. Tatsächlich waren es, von den direkten Familienmitgliedern abgesehen, gerade einmal fünf Personen — Varnagand eingeschlossen.

Obwohl Fenrir als Oberhaupt des Hauses Saarloos fungierte und wie der nächste König der Inu behandelt wurde, weigerten sich die anderen Clanoberhäupter, ihn ohne Kinder anzuerkennen.

Fenrir selbst hatte nie König werden wollen. Er hatte sich immer gewünscht, dass der Clan, der ihm immer schon verdächtig vorgekommen war, mit all seinen alten Verbindungen einfach sang- und klanglos untergehen würde.

Es war nicht so, dass Fenrir den Menschen mehr zugewandt war als seinen eigenen Leuten. Ihn interessierte einfach nicht mehr, was mit dem Clan geschah. Sein gutes Aussehen, seine Herkunft und alles, was dazugehörte, waren für Fenrir vollkommen nutzlos. Ein ruhiges Leben zu führen war alles, was er wollte.

Auf dem bevorstehenden Bankett würden die Kandidaten für den Posten des nächsten Königs der Inu diskutiert werden. Fenrir war der Favorit. Es wurde jedoch gemunkelt, dass es einen Kandidaten aus einer Fraktion gab, die gegen die Politik des Hauses Saarloos wetterte. Von Seiten der Saluki. Vielleicht auch von den Afghanhunden.

Fenrir wollte nichts lieber, als den Clan hinter sich zu lassen. Und Varnagand musste die Zeichen dafür aufgeschnappt haben – wie nicht, wo er doch Fenrirs Schatten war? Aber Varnagand war der festen Meinung, dass Fenrir die beste Wahl für den nächsten König der Inu wäre. Wahrscheinlich hatte er sich deshalb mit solch einer ungewohnten Vehemenz für Ran ausgesprochen.

Fenrir, der sich mit Medikamenten behandelt hatte, um seine Paarungszeit zu unterdrücken und Frauen fernzuhalten, musste einen Wolfsjungen beschützen, der ihm genau in dieser Zeit in den Schoß gefallen war.

Und nicht nur das: Er hatte Sex mit ihm gehabt. Zu allem Übel war Ran, den Mythen zum Trotz, auch noch ein Omega. Ob es Intuition war oder nicht – in Varnagands Augen hatte es sich dabei um eine gute Gelegenheit gehandelt, um Fenrirs Platz als nächsten König zu sichern.

Für Fenrir war die Beziehung zu Ran wie ein Unfall. Etwas Unvorhergesehenes. Trotzdem gab keinen Zweifel an ihrer intensiven Verbindung. Sie hätten sich beide vermutlich nie träumen lassen, dass sie zwei Tage am Stück Sex miteinander haben würden. Für Fenrir wäre es nicht unmöglich gewesen, aufzuhören. Irgendwann hatte er angefangen, es selbst zu initiieren – mit der Erwartung, dass Ran ablehnen würde.

Doch ihre Liebesabenteuer hatten auf gegenseitigem Einverständnis beruht. Beim zweiten Mal hatten sie mit mehr Verstand, mehr Einfühlungsvermögen gehandelt, und der Sex war dadurch noch besser geworden.

Die Existenz eines Wolfes kam einer Legende gleich, selbst für Fenrir, der in der Welt der Inu aufgewachsen war. Fenrir und Varnagand genossen dank ihrer Herkunft bereits eine gewisse Verehrung. Kurz gesagt: Für Fenrir, der seine eigene Herkunft als Unglück betrachtete, war der Wolf in einer noch bedauernswerteren Position als er selbst. Ran war die Art von Mensch- und Inu-Hybrid, die man bemitleiden wollte.

Als Fenrirs Vater erfahren hatte, dass die letzten Wölfe Fenrir gebeten hatten, ihr Kind zu beschützen, war er gleichermaßen überrascht wie beeindruckt gewesen.

Fenrir hatte gegenüber Ran ein Gefühl der Überlegenheit empfunden – zum ersten Mal hatte er über jemanden sagen können, dass er ihm leid tat. Fenrirs Position war nicht länger die unglücklichste im Clan gewesen. Als sie sich jedoch tatsächlich getroffen hatten, war Fenrirs Überlegenheitsgefühl verschwunden. Ran war nicht nur ein Omega – er hatte auch keine Ahnung gehabt, wer er eigentlich war.

Er hatte sozusagen nackt und mit gespreizten Beinen gewartet. So als hätte er Fenrir angefleht, ihn zu nehmen und ihm die Welt zu erklären.

Der Ausdruck war vulgär, aber eine bessere Beschreibung für Rans damaligen verzweifelten Zustand gab es nicht. Für einen Genießer wie Fenrir war der kleine Omega-Wolfsjunge Ran ein Leckerbissen der Superlative gewesen. Er war noch nie berührt worden und frei von Ballast. Die äußerst nahrhaften Zutaten wurden von den besten Köchen, den Eltern des Wolfes, in das erlesenste Gericht verwandelt – Ran Magami.

Wie auf dem Silbertablett hatte man ihn Fenrir präsentiert. Und als er dann von ihm gekostet hatte, war es großartig gewesen. Fenrir war unersättlich gewesen. Je mehr er genommen hatte, desto mehr wollte er. Er fühlte sich sogar ausgehungerter als vorher.

Fenrir hatte Ran weiter verschlungen, obwohl er zwischendurch ihr besonderes Liebesspiel infrage stellte. Er hatte Ran geleckt, am ganzen Körper gestreichelt und sich tief zwischen seinen gespreizten Beinen vergraben.

Selbst nach dem Eindringen in seine tiefsten Stellen und dem Nachlassen der ersten Lust waren der Rausch und das

Verlangen schnell wieder aufgetaucht. Rans Körper hatte mit unerbittlicher Intensität nach Fenrir verlangt. Und Fenrir selbst hatte sich im Anblick des süßen, anzüglichen und gefügigen Rans verloren.

Er hatte immer wieder zugestoßen und Rans Hintern mit seinem Liebessaft gefüllt. Schmatzende Geräusche hatten die Luft erfüllt, und Fenrir schlussendlich mit seiner eigenen lustvollen Flüssigkeit überschwemmt.

Während er weiterhin in Ran ejakuliert hatte, war in Fenrir zum ersten Mal der Drang aufgekommen, ihn zu befruchten. Oder besser gesagt: Er hatte seinen Samen säen und sich fortpflanzen wollen. Ran hatte die animalischen und oberflächlichen Gedanken in Fenrir geweckt, die dieser immer gehasst hatte.

Fenrir war die ganze Zeit bewusst gewesen, dass Ran hätte schwanger werden können. Seine Instinkte als Alpha hatten es ihm als bestmögliche Situation verkauft. Denn ein Kind beider hätte in der Welt der Inu den höchsten Rang. Es wäre noch seltener als Ran. Vermutlich auch noch bemitleidenswerter, als Fenrir und Ran es waren. Obwohl sich Fenrir dessen bewusst war, hatte ein Urinstinkt sich über seine Vernunft hinweggesetzt.

Während sie zusammen im Bett gewesen waren, war Fenrir klar geworden, dass Ran zum ersten Mal seine Hitze erlebt hatte. Dass Rans Reproduktionsorgane zur Erzeugung von Nachkommen noch nicht ausreichend entwickelt sein würden. Obwohl er noch nie Sex mit einem Omega gehabt hatte, hatte sein Unterbewusstsein als Alpha das genau gewusst.

Tief zwischen den Lenden, wo Rans Lust am stärksten war, hatte sein Körper sich kurz entspannt, um so viel von Fenrirs Sperma wie möglich aufzunehmen – zumindest hatte es sich danach angefühlt.

Es hieß, dass es einen Grund gab, weshalb Inu-Babys nur während der Brunstzeit gezeugt werden konnten: Die Lust, die dafür erforderlich war, um jemanden zum Punkt der Empfängnis zu bringen, war unmöglich auszuhalten, ohne dabei den Verstand zu verlieren. Bei der Empfängnis handelte es sich um ein Wunder, das nur erreicht werden konnte, wenn man vollkommen ungeschützt war und das Innerste seines Körpers preisgab.

Ran hatte Fenrir genau zu diesem Zeitpunkt am tiefsten in sich eindringen lassen. Neben seinen eigenen Instinkten hatte ihn auch sein Körper geleitet, der Fenrirs Alpha-Pheromonen ausgesetzt gewesen war.

Die abscheulichen Erinnerungen an seine Vergangenheit waren vollständig verschwunden, und für diesen einen Moment war Fenrir das angenehmste und höchste Vergnügen zuteilgeworden. Als hätte die Erfahrung mit Ran seine Erinnerungen überschrieben.

* * *

»Und, wie geht es dem Wolfsjungen?«, fragte Timur, Oberhaupt der Saluki-Familie neugierig..

In den letzten Jahren waren viele Oberhäupter der Neun Familien ersetzt worden. Die Saarloos bestimmten Fenrir zum Oberhaupt, nachdem Fenrirs Vater zum König ernannt worden war. Das Haus Varnagand war diesem Beispiel gefolgt. Ebenso letztes Jahr die Tamaskan Huskys, Lupo Italianos und Tundra Sheperds. Bei den Saluki, den Afghanischen Windhunden und Shiba war die Generation der Eltern hingegen noch aktiv. Die Familie der Kai war dieses Mal nicht anwesend. Der Grund war nicht bekannt, aber Fenrir wurde mitgeteilt, dass sie sich zu einem späteren Zeitpunkt offiziell entschuldigen wollten. Wahrscheinlich lag es an dem Shibuya-Vorfall. Wenn Fenrir die Entschuldigung entgegennahm, würden die Kais alles gestehen, um auf eine mildere Strafe zu plädieren, nahm Fenrir an. Die anderen Familien wussten von all dem allerdings noch nichts.

»Er bereitet sich an einem sicheren Ort auf den Tag des Banketts vor.«

»Die Wölfe sind sehr wichtig für uns. Es wäre also für uns alle von Interesse, sich vorher schonmal zu begegnen.«

»Das liegt leider außerhalb der Macht des Hauses Saarloos. Der König hat so entschieden.«

In der Vergangenheit hätte Fenrir die Erfahrung der Älteren berücksichtigt. Er hätte ihre Einwände nicht direkt abgewiesen. Doch dieses Mal war die Situation eine andere. Fenrirs Entschlossenheit überraschte nicht nur das Oberhaupt der Saluki, sondern auch die anderen Anwesenden. Von Varnagand natürlich abgesehen.

»Es scheint, die silberne Schönheit ist endlich erwacht und bezieht Stellung. So etwas Besonderes ist der Wolfsjunge also. Soso«, grinste Bracco, das Familienoberhaupt der Italianos. Obwohl er in eine Militärfamilie hineingeboren worden und selbst ein hoher Offizier war, besaß er Humor und eine freundliche Persönlichkeit. Schon seit Fenrir ein Kind war, neckte Bracco ihn gern scherzhaft.

Rans Wolfidentität war mittlerweile allgemein bekannt. Nur seine Identität als Omega blieb noch ein gut gehütetes Geheimnis. Die erste Tatsache war schon schockierend genug. Würden alle erfahren, dass Ran ein Omega war, könnte sich das Ganze in eine lebensbedrohliche Situation für ihn verwandeln. Rans Mutter stammte vom Japanischen Wolf ab, der als ausgestorben galt. Solche Informationen waren der internen Forschungsabteilung des Clans Gold wert.

»Ja, ja. Er ist etwas ganz Besonderes. Wie jeder von uns.«

Es war Antero, das Oberhaupt der Husky-Familie, der das Gespräch wieder in die richtige Richtung lenkte. »Was passiert denn nun nach seiner Einführung in den Clan?«

Obwohl sie sich nicht nahestanden, war Antero jemand, dem Fenrir vertraute. Antero war jung und aufstrebend und damit eine Besonderheit unter den Oberhäuptern der Familien. Gerade deshalb waren seine Meinungen und Perspektiven wertvoll.

Jedes Mal, wenn die aktuellen Oberhäupter zusammenkamen, musste Fenrir gewappnet sein. Heute noch mehr als sonst, um Ran zu schützen.

Wölfe besaßen keine wirkliche Macht, so sehr sie auch beneidet wurden. Selbst wenn sie die rechtmäßigen Herrscher der Blutlinie waren, konnten sie diese Stellung nicht einfach ohne die Anerkennung der Mitglieder der Neun Familien einnehmen.

Fenrir hielt das Ganze für ein merkwürdiges System, vielleicht sogar für ein fehlerhaftes. Jedoch wurden die doppelten Identitäten der Inu seit jeher auf diese Weise geschützt. Die als Mensch und die als Inu.

Normalerweise verabscheute Fenrir diese Art von Doppelmoral. Er tolerierte niemanden, der nur die Vorteile ausnutzte, die mit dem Dasein als Inu einhergingen. Doch hier und jetzt konnte er seine eigene Doppelidentität dafür benutzen, um Ran als Schild und Schwert zu dienen. Dafür musste Fenrir seine Autorität walten lassen und die Inu sinnvoll einsetzen.

Als er sich erst mal dazu entschieden hatte, war es für ihn ein Kinderspiel. Denn obwohl Fenrir bisher seine Stellung und die damit einhergehende Verantwortung gemieden hatte, konnte er die Macht ganz einfach ergreifen und für sich nutzen. Und sein Vertrauter Varnagand half ihm dabei.

So sehr die anderen Mitglieder auch gegen Fenrir wetterten – wenn es darauf ankam, konnte er sie dazu bringen, ihm zu folgen. Mit etwas Mühe konnte er das volle Potenzial aus seiner Erziehung als zukünftiger König schöpfen.

»Ich habe im Vorfeld mit Varnagand und meinem Vater gesprochen. Es gibt noch viele Dinge, die ungewiss sind, aber ...«, begann Fenrir. Bevor er weitersprechen konnte, wurde die Tür zum Konferenzraum mit einem lauten Knall aufgestoßen.

Der Verwalter der Familie Saarloos betrat schnellen Schrittes den Raum. »Entschuldigen Sie vielmals, dass ich die Sitzung unterbrechen muss. Es ist ein Notfall!«

Fenrir merkte sofort, dass etwas nicht stimmte. Die Aufregung des sonst ruhigen Mannes war ungewöhnlich. »Worum geht es? Ist es etwas Privates?«

»Es ist sowohl privater Natur als auch von öffentlichem Interesse, mein Herr.«

Fenrir tauschte einen knappen Blick mit Varnagand aus, ehe er den Verwalter aufforderte, fortzufahren. »Reden Sie weiter.«

»Wie Sie wünschen, mein Herr. Der Wolfsjunge, Herr Ran Magami, wurde von Fanatikern entführt.«

»Wa...?!« Fenrir erhob sich abrupt. Seine Handflächen auf der Tischplatte fühlten sich ungewöhnlich klamm an und seine Stimme zitterte. »Wie kann das sein? Sein Aufenthaltsort war geheim!«

»Anscheinend hat ihn Herr Jahangir Saluki betäubt und den Fanatikern ausgeliefert ...«

»Was zur ... Hölle?!«

»Wieso hat dieser Bengel das getan? Ich habe ihm nicht befohlen, *so* weit zu gehen.«

Fenrirs entsetzter Ausruf wurde von Timurs überraschter Aussage übertönt. Die Worte hatten den Mund des Mannes wohl aus Reflex verlassen und waren keine bewusste Reaktion. Doch alle Anwesenden hatten sie deutlich vernommen.

»Was genau meinen Sie damit?«, fragte Antero ruhig.

Das Grinsen, das die ganze Zeit Timurs Gesicht geziert hatte, verschwand. »Ähm, wie bitte?«

»Das, was Sie gerade sagten, Timur. Er solle nicht *so* weit gehen – aber Ihr Sohn hatte sehr wohl Anweisungen bis zu einem gewissen Punkt?«

Bracco stand auf und folgte damit Varnagands Beispiel. Beide stellten sich so im Raum auf, dass sie Timur jeden möglichen Fluchtweg abschnitten.

Fenrirs Stimme war angespannt, aber kristallklar und schneidend, als er wieder sprach.

»Sie werden noch die Gelegenheit haben, uns von Ihrem ursprünglichen Plan zu erzählen. Aber vorher möchte ich im Detail erfahren, was Sie Ihrem Sohn aufgetragen haben. Was haben Sie mit Ran – mit dem Wolf Ran Magami vor?!«

Niemand hatte diese Art der Emotionalität von dem sonst so zurückhaltenden und ruhigen Thronanwärter erwartet. Alle wichen gleichzeitig einen Schritt zurück.

Kapitel 8

Als Ran erfahren hatte, dass er als Omega trotz seiner biologisch männlichen Attribute ein Kind bekommen konnte, war er schockiert gewesen. Es hatte sich angefühlt, als wäre das Ich, als das er bisher gelebt hatte, von Grund auf erschüttert worden. Nur das Wissen, dass er sich nicht in eine Frau verwandeln würde, hatte ihn schließlich beruhigt. Davon war er nämlich ausgegangen, bis er Fenrirs anschließende Erklärung gehört und die Bücher in der Wohnung gelesen hatte.

Trotz seiner Sorgen bereitete ihm der Gedanke, in Zukunft Fenrirs Kind austragen zu können, ein unbeschreibliches Hochgefühl. Für Ran war Sex etwas Neues und Aufregendes, und der Sex mit Fenrir ganz unbeschreiblich.

Zwar erinnerte Ran sich kaum an die ersten Male, weil er von seiner Hitze wie betäubt gewesen war. Doch es reichte, um der Lust und Freude nachzuspüren, die er in der kurzen Zeit empfunden hatte. Sein Körper hatte sich diesen Teil genau eingeprägt. Eine innige Verbindung war zwischen Fenrir und Ran entstanden – ausgelöst durch das, was sie gemeinsam erlebt hatten. Er erinnerte sich, im Vergleich zu den verschwommen Anfängen, deutlich an die zwei Male, als sein Körper sich Fenrir vollkommen geöffnet und er dieses glückselige Nachglühen beim Sex verspürt hatte. Als Fenrir ihm schließlich offenbart hatte, dass Ran ein Omega war, hatte er etwas ganz Ähnliches empfunden.

Die vage Vorstellung, eine Familie zu gründen, hatte mit Fenrirs Eintritt in Rans Leben an Kontur gewonnen. Er träumte von einer Zukunft, die er sich in diesem Maße nie zuvor vorgestellt hatte. Dem traditionellen Familienbild mochte es vielleicht nicht entsprechen, aber Ran wusste trotzdem, dass er das Kind bei einer unerwarteten Schwangerschaft zur Welt bringen und aufziehen würde. Dabei handelte es sich nicht um einen natürlichen Mutterinstinkt oder die Vorbereitung auf das Elternsein. Alles, was Ran hatte, war das eindeutige Gefühl, gemeinsam mit Fenrir durch ihren Akt ein Wunder erschaffen zu haben.

Ran konnte seine Gefühle für Fenrir nicht genau benennen. War es Liebe? Sie hatten sich kennengelernt, als Ran sich in einer hilflosen Situation befunden hatte. Für Fenrir galt wohl das Gleiche, auch wenn sie noch nicht darüber gesprochen hatten.

Fenrir hatte Ran eine helfende Hand entgegengestreckt, als dieser sie gebraucht hatte. Er war ein Omega. Fenrir ein Alpha. War das nicht ausreichend, um von Schicksal zu sprechen? Davon, dass ihre Begegnung vorherbestimmt war? Ran wollte so gern daran glauben.

Was wird aus mir, wenn ich tatsächlich ein Wolf bin und zu

den anderen Inu gehöre? Die Zeit wird nicht stehenbleiben – ir-
gendetwas wird passieren. Und ich werde keine Wahl haben, als
es zu akzeptieren. Mit Fenrir an meiner Seite ... Mit ihm werde
ich das schaffen. Ich werde leben.

Seit Kindertagen war er trainiert worden, selbstständig zu sein. Fenrir war die erste Person, der Ran vertraute. Daher glaubte er an eine schicksalhafte Begegnung.

Jedoch war es nicht Fenrir, der vor Rans Augen auftauchte, als er von seinen heftigen Kopfschmerzen geweckt wurde. Nein, es war der Anwärter der arabischen Saluki-Familie, der sich krümmend und mit gefesselten Händen und Füßen vor ihm lag. Und was Ran anging ...

Er war völlig nackt. Lag auf einer kühlen, marmornen Fläche, die einem Altar ähnelte. Seine Arme und Beine waren mit Ketten daran befestigt, seine Haut fühlte sich klebrig an, als wäre sie mit Öl bedeckt worden.

Angestrengt sah sich Ran um. Sein Unbehagen wuchs mit jeder Sekunde. Der Raum, in dem sie sich befanden, hatte eine spitz zulaufende Decke und Fenster, in denen Buntglas eingesetzt war. Darauf waren menschliche Figuren mit den Gesichtern von Hunden zu sehen und Menschen, die sich um sie scharten.

»Hey! Jahangir, alles okay bei dir?«, flüsterte Ran.

Beim Klang von Rans Stimme drehte Jahangir sich hin und her und versuchte, aufzustehen. »Autsch, argh! Wieso lebe ich noch? Was ist mit dir?«

»Ich bin unversehrt, kann mich aber nicht bewegen. Hast du eine Ahnung, wo wir sind?«

Selbst ihr Flüstern hallte laut durch diesen hohen Raum.

Ran zwang sich, langsamer zu atmen, um sich zu beruhigen.

»Das wird eine ihrer Kirchen sein. Von diesen Fanatikern, die glauben, unser Fleisch würde sie unsterblich machen ...«

»Oh ...« Jahangirs Erklärung ergab Sinn. Die Bilder und abgebildeten Geschichten in den Glasfenstern spiegelten genau diesen Glauben wider. »Und wo sind diese Leute jetzt?«

»Keine Ahnung. Wahrscheinlich beraten sie sich gerade, wen sie zuerst essen.«

Jahangir hatte sie in diese Situation gebracht – wie war er selbst da mit hineingezogen worden?

»Warum liege ich hier mit auf der Schlachtbank?!«, fragte Jahangir panisch.

»Jetzt beruhige dich. So weit muss es nicht kommen.« Im Gegensatz zu Jahangir versuchte Ran, die Situation einzuordnen. Sich zu orientieren. »Es hilft uns überhaupt nicht, wenn du jetzt in Panik verfällst. Außerdem ist es deine Schuld, dass wir überhaupt hier sind. Denkst du wirklich, du hast das Recht, wütend zu sein?«

»Das ... also ...«, stammelte Jahangir.

Aha, er fühlt sich also doch schuldig. Hätte er wirklich einen Hundeschwanz, wäre dieser jetzt eingekniffen.

»Schon gut. Dafür haben wir später Zeit. Nur eins: Waren das wirklich Schlaftabletten, die du mir vorhin eingeflößt hast?«

»Ja. Ich dachte, so ist es leichter für alle, und ich muss dich nicht k. o. schlagen.«

Jahangir tat so, als hätte er Ran einen Gefallen damit getan, ihm die Tablette zu geben. Ran gefiel das gar nicht.

»Noch eine Frage. Sind wir hier bei diesen *speziellen Leuten*, von denen du gesprochen hast?«

»Ja ...«, gab Jahangir zähneknirschend zu.

»Du wolltest mich also ausliefern. Wieso liegst du jetzt auch gefesselt neben mir?«

»So ein Dreck!«

Mit der Frage hatte Ran wohl einen wunden Punkt getroffen. Wäre alles reibungslos abgelaufen, hätte Jahangir Ran vermutlich ausgeliefert, sich die Taschen voll Geld gestopft und dann das Weite gesucht.

»Es war so ...«

»Jetzt bin ich gespannt.«

»Es stimmt, dass ich dich ausliefern und dann abhauen wollte. Aber als die herausfanden, dass du ein Wolf bist, sagten sie, sie wollen dich essen ...« Jahangir senkte beschämt den Blick und biss sich auf die Innenseite seiner Wange.

»Das heißt, die Gerüchte über Leute, die Inu-Fleisch essen, sind wahr?«

Fenrir hatte Ran vor ihnen gewarnt. Doch er hätte sich nie träumen lassen, dass es sie wirklich gab.

»Die sind nicht ganz richtig im Kopf!«, stieß Jahangir angewidert hervor.

»Sagt der, der mich an diese Verrückten verticken wollte?!« Ran konnte seinen Zorn nicht länger mit Sarkasmus überspielen.

»Ich dachte, sie würden dir ein bisschen Blut abzapfen und sich deiner sonstigen Flüssigkeiten bemächtigen«, verteidigte Jahangir sich. »Auf die ein oder andere Art eben. Aber nicht, dass sie dich gleich nach der Übergabe als Hauptgericht servieren würden!«

In der Hinsicht war Jahangir demnach genauso naiv gewesen wie Ran. Ihnen beiden war bewusst gewesen, dass es solche Fanatiker gab – aber nicht, dass sie so weit gehen würden, einen Inu oder einen Wolf zu verzehren.

Der angestaute Groll platzte mit einem Mal aus Jahangir heraus. »Glauben die wirklich daran? Bis auf die paar Eigenschaften, die uns zu Inu machen, sind wir doch quasi Menschen. Die Unterschiede sind minimal. Wir leben nicht mal länger! Wir werden genauso krank wie sie. Einer meiner Brüder ist als Baby gestorben, noch bevor er sprechen konnte. Obwohl er ein Inu war. Denken diese Freaks wirklich, wir seien unsterblich? Und dass sie, nur weil sie uns essen, plötzlich auch für immer leben würden?«

Jahangir war ein hochgeborener Spross aus einer ehrwürdigen Familie des Clans der Inu. Er bewertete die Welt nach seinen eigenen Maßstäben und konnte sich offenbar nicht vorstellen, dass seine Feinde Dinge tun würden, die diese moralischen Grundsätze außer Acht ließen.

Er drückt sich unfassbar grob aus, aber er kann kein von Grund auf schlechter Mensch sein, dachte Ran. Also bohrte er weiter nach.

»Warum wolltest du mich an solche Leute verkaufen?«

Es war kein Wunder, dass Jahangir mit in der Klemme steckte. Er hatte wohl ernsthaft geglaubt, Ran verkaufen zu können, ohne selbst ins Visier zu geraten.

Im Nachhinein musste ihm sein Denkfehler wohl ebenfalls bewusst geworden sein, denn auf Rans Frage hin verzog Jahangir das Gesicht zu einer Grimasse.

»*Herr* Jahangir, hör auf zu schmollen und beantworte endlich meine Frage.«

»Das ›Herr‹ kannst du dir sparen. Außerdem ist es mir unangenehm.«

»Du bist älter als ich und gehörst zum Clan«, antwortete Ran trocken.

»Als Wolf stehst du trotzdem über mir.«

»Ich dachte, das gilt erst, wenn ich von den anderen Familien anerkannt wurde?« Ran hatte dieses Detail nicht vergessen.

»Scheiße, du lässt nicht locker, was?«, sagte Jahangir. Sein Gesicht lief rot an. »Hätten diese Leute es auf den König der Inu abgesehen, wäre es wenig clever, mich, einen Saluki, zu verkaufen. Es wäre besser, mich als Trumpf zu behalten. Wenn es ihnen ums schnelle Geld ginge jedenfalls. Aber früher oder später würde ihnen das auf die Füße fallen ... Außerdem, bezweifle ich, dass Geldgier ihr Beweggrund ist.«

Ran verstand nicht, worauf Jahangir hinauswollte. »Willst du nicht selbst König werden?«

»Mein Alter hat echt keine Ahnung, aber das ist das Letzte, was ich will«, stellte Jahangir ohne zu zögern klar.

Jahangir hatte definitiv nicht den Charakter eines Anführers. Selbst wenn er König werden würde, wäre er dem Clan sicher ein Klotz am Bein.

»Warum dann?«, fragte Ran perplex.

»Für Fenrir. Um ihn zu ... retten.«

»Zu retten?«

Das ergab für Ran noch weniger Sinn. Wie konnte dieser Grund dazu führen, dass er Ran an die Fanatiker verkaufen wollte?

»Fenrir hat ein gutes Herz, das weißt du. Er ist friedlich und nicht die Art von Mann, die man sein muss, um unser König zu sein.«

»Sind nicht gerade das Eigenschaften, die ihn zu einem guten König machen würden?«

Jahangirs Tonfall war ziemlich rau, als er antwortete. »Für so einen ungehobelten Haufen Inu braucht man einen König, der durchgreift. Da reicht es nicht aus, nett zu sein und sich mit allen zu verstehen.«

So fies seine Aussage auch klang, er sprach wohl im Sinne des Clans.

»Und weiter?«

Jahangir atmete tief aus. »Er ist einfach zu nett, weißt du? Ich bin eigentlich das älteste Kind der Saluki. Aber weil meine Mutter eine Dienerin war, die für unsere Familie gearbeitet hatte, bin ich kein richtiges Mitglied der Inu-Familie. Nur weil ich zufälligerweise mit den Attributen eines Alphas geboren wurde, hat mein Vater mich offiziell aufgenommen.«

Diese Geschichte war nirgends in den Dokumenten vermerkt, die Ran sich angesehen hatte.

»Für meinen Vater war ich nur Mittel zum Zweck, um den Schein vor den Neun Familien zu wahren. Er hat mich nie als seinen rechtmäßigen Sohn angesehen oder sich um mich kümmern wollen, deswegen hat er Fenrir die Verantwortung für mich zugeschoben. Später kam noch Ahmad von der Familie der Afghanen dazu, der sich in einer ähnlichen Situation befand.«

Ran wusste aus den Unterlagen nur, dass Fenrir etwa fünfzehn oder sechzehn Jahre alt gewesen sein musste, als er die Verantwortung für die Jungs übertragen bekam.

»Fenrir meckerte damals in einer Tour, egal was wir taten, aber er kümmerte sich um mich. Anfangs half Varnagand noch viel, aber Fenrir meinte, seine Kochkünste wären nicht gut genug. Er kochte für uns. Ich habe es Fenrir zu verdanken, dass ich jemanden wie meinen leiblichen Vater nicht als Elternteil ertragen musste. Na ja. Fenrir hat sich die größte Mühe gegeben, aber verkorkst bin ich trotzdem.«

Ran erinnerte sich, wie er bei Fenrir zu Hause aufgewacht war. An das Frühstück und wie er sich ebenfalls um Ran gekümmert hatte, als wäre es das Natürlichste auf der Welt.

Der heutige Jahangir war in Rans Augen schon schräg. Durch seine Erzählungen wurde Ran allerdings bewusst, dass er ohne Fenrirs Zutun noch viel abgedrehter wäre.

»Er ist ein liebenswerter Kerl. Er ist ernst und versucht, die Rolle zu übernehmen, die ihm aufgetragen wurde. Auch wenn er weiß, dass er nicht dafür geschaffen ist, König zu sein. Er würde es akzeptieren und bis zum bitteren Ende den König mimen. Egal, wie schrecklich es sich für ihn anfühlen würde.«

Beim letzten Satz wirkte Jahangir, als würde er jeden Moment in Tränen ausbrechen.

»Fenrir stellt das Glück aller anderen über sein eigenes«, fügte er leise hinzu. Eine einzelne Träne lief seine Wange hinab und er atmete hörbar aus. »Mein leiblicher Vater will, dass ich oder Ahmad König werden. Er hat sicher irgendwas geplant, um das zu verwirklichen. Und ich meine, klar, wenn ich König werden würde, müsste Fenrir sich nicht mehr für alle opfern. Aber das war kein Scherz vorhin: Ich will auf keinen Fall König werden. Der Einzige, der davon profitieren würde, wäre mein Vater. Den Gefallen werde ich ihm nicht tun. Nur über meine Leiche!«

Jahangir spuckte die Worte voller Bitterkeit aus.

»Ich habe viel versucht, um Fenrir zu überzeugen. Ich habe auf ihn eingeredet. Gesagt, dass er nicht König werden müsse. Vorgeschlagen, dass er fliehen sollte. Oder dass Ahmad und ich zusammen mit ihm fliehen würden, wenn es darauf ankäme. Aber er hat jedes Mal nur müde gelacht und gesagt, wir würden nicht entkommen, selbst wenn wir wegliefen. Varnagand würde uns bis ans Ende der Welt verfolgen.«

»Mit Sicherheit«, bestätigte Ran nickend. Wenn Fenrir ihn verließ, um vor diesem Leben zu fliehen, würde Varnagand zweifellos bis ans Ende der Welt gehen, um ihn zu finden. »Wieso hast du dich nicht mit Varnagand zusammengetan?«

»Ich hatte drüber nachgedacht, aber der Kerl ist so überzeugt davon, dass Fenrir König sein wird, dass nichts ihn davon abbringen kann.«

»Auch wieder wahr ...«

Varnagand hatte wohl seine eigenen Gründe, Fenrir auf dem Thron der Inu sehen zu wollen.

»Bei der Zeremonie, die dem Bankett vorausgeht, werden die Thronanwärter für den Titel des Königs der Inu bekannt gegeben. Möglicherweise gibt es andere konkurrierende Kandidaten, aber wenn Fenrir nominiert wird, wird er definitiv König. Immerhin ist er ein Saarloos Wolfhund. Außerdem würde jeder, der Fenrir sieht, sofort davon ausgehen, dass er etwas Besonderes ist. Der Auserwählte, sozusagen. Damit es nicht so weit kommt, blieb mir nichts anderes übrig, als ihm ein für alle Mal klarzumachen, dass er nicht als König geeignet ist.«

»Und dein Plan war ... mich zu verkaufen?«

Wenn rauskäme, dass Fenrir mit dem Schutz eines reinblütigen Wolfes betraut worden war, der dann in die Hände der Fanatiker gefallen war, wäre das für Fenrir sicher ein großes Problem. Es würde nicht nur Fenrirs Ambitionen in ein schlechtes Licht rücken, sondern auch die Glaubwürdigkeit des Hauses Saarloos untergraben. Zweifellos wäre Fenrir aus dem Rennen. Aber auch nur, solange Jahangirs Plan erfolgreich wäre.

»Ich halte dich für einen kleinen Idioten und für Fenrirs großen Schwachpunkt. Aber ich hatte nie vor, dich wirklich zu verkaufen. Ich bin davon ausgegangen, dass sie dir nichts weiter tun. Vielleicht etwas Blut abnehmen. Sobald Fenrir seine Kandidatur zurückgezogen hätte, wäre ich dich holen gekommen.«

Jahangirs dümmlicher Plan war spektakulär gescheitert. Die Fanatiker waren brutaler, als er angenommen hatte. Er hatte sie unterschätzt und bezahlte nun dafür, dass er Ran retten wollte, statt einfach zu fliehen.

Er ist ein bisschen treudoof. Er ist zwar älter als ich, aber im Herzen immer noch der kleine Junge, der damals von Fenrir aufgenommen wurde.

»Ich verstehe jetzt, was Fenrir an dir findet und wieso er dich so mag.«

»Was soll der Mist? Als ob du in deinem Alter schon irgendwas kapieren würdest.«

»Mein Alter spielt keine Rolle dabei. Es ist offensichtlich.«

Ran hätte sich bei seinen Eltern nie so eine naive Aktion erlaubt. Weil sie, so sehr sie sich auch um Ran gekümmert hatten, bereit gewesen waren, sich von ihrem achtzehnjährigen Sohn zu trennen. Sie hatten immer ein wenig Distanz gewahrt, das wurde Ran jetzt schmerzlich bewusst. Und eben wegen dieser Distanz hatte er seine Eltern und ihr Handeln nie kritisch hinterfragt.

»Wenn ich ein bisschen mehr wie du wäre, Jahangir, hätte ich es wohl in manchen Bereichen meines Lebens viel einfacher«, sagte Ran nachdenklich.

Dann hätte Ran seinen ersten Sex mit Fenrir wohl mehr genossen – oder zumindest weniger Angst vor dem Dasein als Omega und einer möglichen Schwangerschaft verspürt. Er hätte sich wohl einfach darüber freuen können, anstatt in Panik zu verfallen.

Ob Fenrir in dem Fall wohl auch anders mit Ran umgegangen wäre? Vermutlich wäre er etwas mürrischer gewesen, aber mit seinem umsorgenden Charakter hätte er Ran sicher trotzdem akzeptiert. Selbst wenn sie aus Versehen ein Kind gezeugt hätten, hätte Fenrir seinen Nachkommen angenommen, da war Ran sich sicher. Fenrir war diese Art von Beschützer.

»Wenn du das so siehst, dann sei doch einfach mehr wie ich«, erwiderte Jahangir locker.

»Wenn es so leicht wäre, würde ich mich ja ändern.«

»*Wenn es so leicht wäre*«, äffte er Ran nach. »Tu es einfach. Verlier dich mit deinen Gedanken nicht ins kleinste Detail, sondern handle einfach. Sieh es doch so?«

Wenn jemand einem so etwas mal direkt ins Gesicht sagt, löst das den Knoten in der Brust und man fühlt sich befreiter als zuvor. Es stimmt, was Jahangir sagt. Manches sollte man nicht planen und endlos analysieren, sondern einfach machen.

Trotzdem stimmte Ran nur zögerlich zu. »Stimmt schon ...«

Es war nicht so, als hätte Ran etwas zu verlieren. Immerhin war er ohne irgendetwas nach Japan gekommen. Er musste aufhören, ans Scheitern zu denken, bevor er es überhaupt probiert hatte. Und selbst wenn es beim ersten Mal nicht klappte, konnte er es einfach noch mal probieren. Fenrir würde ihm vertrauen. Er akzeptierte Ran, so wie er war.

»Okay. Ich werde es versuchen!«

»Super! Das ist die richtige Einstellung«, ermutigte Jahangir ihn. »Egal, was passiert, wenn Fenrir dabei ist, kann man zusammen darüber lachen.«

Ran hatte Fenrir bis jetzt noch nie aus ganzem Herzen lachen sehen.

Höchstens ein Lächeln.

Als Ran von den Fremden in Shibuya verfolgt worden war, hatte der Geruch dort in ihm Übelkeit und Unwohlsein verursacht. Er hatte nur an Flucht gedacht und daran, das Ganze heil zu überstehen.

Dann war er stehen geblieben. Hatte Fenrir getroffen, und für einen Moment war es, als hätte die Zeit stillgestanden. Wie in Zeitlupe waren die schönen silbernen Haarsträhnen um das Gesicht des Mannes gefallen.

Bist du Ran Magami?, hörte Ran Fenrir fragen.

Als Fenrir ihn am Arm gepackt hatte, war die Zeit weitergelaufen und der magische Moment verschwunden. Nur der süße, schwere Duft hatte sich in Rans Erinnerung gebrannt.

Bei dem Gedanken an ihre erste Begegnung fing Rans Herz an, wie wild in seiner Brust zu klopfen. Sein Körper reagierte vor seinem Verstand. Er ballte die Hände zu Fäusten – und erinnerte sich wieder an seine Fesseln. »Oh!«

»Wir müssen irgendwie von hier fliehen. Aber ich habe keine Ahnung wie ...«

Ran konnte nicht anders, als über Jahangirs Worte zu lachen. »Es wird alles gut«, sagte er zuversichtlich.

»Gar nichts ist gut, verdammt!«

Im Gegensatz zu Jahangirs blassem Gesicht waren Rans Wangen feurig rot. »Er ist hier. Unsere Retter.«

»Unsere Retter?«

Gerade wollte Ran es erklären, als hinter Jahangir ein lautes Gepolter ertönte. Ein Tumult war losgebrochen. Das Geräusch, wie etwas in die Wand krachte, war zu hören. Dann ein anderer Laut. Er war markerschütternd.

»War das ein Schuss?«

Am Ende des Altarraums flog die Tür mit einem Krachen auf und …!

Kapitel 9

»Ran!«

Es kam einer Erlösung gleich, als die Stimme von den hohen Decken des Raums wider hallte. Er war endlich gekommen.

»Ran, wo bist du? Wenn du da bist, antworte mir!«

»Fenrir!«

Rans Herz begann schneller zu schlagen, als er Fenrirs Anwesenheit spürte. Andere mochten ihn noch nicht erkennen, aber Ran reichte Fenrirs Geruch. Was bedeutete, dass Fenrir Rans Duft ebenfalls wahrnehmen musste.

Ich will zu Fenrir, aber ich kann mich nicht bewegen. Meine Arme und Beine sind immer noch gefesselt.

»Ran! Wo bist du? Sag es mir!«, rief Fenrir ungeduldig. Er konnte Ran immer noch nicht sehen, ihn nur hören und riechen.

»Ich liege auf einem Altar oder so was im hinteren Teil des Raumes. Ich bin gefesselt und kann mich nicht bewegen!«

»Ein Altar? Okay! Ich bin gleich bei dir.«

»Jahangir ist auch hier. Seine Hände sind auch gef...«

Ein dumpfes Geräusch unterbrach ihn. Als wäre jemand mit einem kräftigen Schlag getroffen worden. Bevor Ran ausmachen konnte, was passiert war, versperrte etwas seine Sicht und ein süßer Duft hüllte ihn ein.

»Ran!«

»Fenrir ...!«

Dieser Geruch und die Wärme. Eindeutig Fenrir.

Fenrir umarmte Ran, der noch wie versteinert da lag. Erst da merkte Fenrir, dass Ran völlig nackt war.

»Ich bin so froh, dass es dir gut geht. Warum hast du nichts an? Wo sind deine Sachen? Bist du verletzt? Wurdest du betäubt?«

»Mir geht es gut. Ich glaube, sie haben mich ausgezogen, während ich schlief, und mich am ganzen Körper eingeölt, aber ich bin nirgendwo verletzt. Als ich wieder zu mir kam, lag ich bereits hier.«

»Während du schliefst ...? Wurdest du unter Drogen gesetzt?!«

»Was das angeht ...« Ran stockte. Überlegte, ob er Fenrir die Wahrheit sagen sollte oder nicht.

»Ich bin derjenige, der ihn betäubt hat«, sagte Jahangir und stand mit verkniffenem Gesicht auf.

»Du gestehst deine Tat? Dann musst du bereit sein, die Konsequenzen zu tragen und von mir getötet zu werden.«

Jahangir nickte energisch, von Fenrirs eiskalter Stimme eingeschüchtert.

Fenrir wandte sich kommentarlos Ran zu. »Befreien wir dich erst mal von den Fesseln.«

Mit Fenrirs Hilfe war es nicht schwer, die Fesseln zu lösen. Er holte ein Taschenmesser aus der Tasche seines dunklen Anzugs und benutzte es, um die Metallbeschläge zu entfernen, die Rans Hände und Füße sicherten. Als er ihn befreit hatte, hob er Ran vom Altar, umfasste seine Hände und küsste die Handrücken liebevoll.

»Ich bin heilfroh, dass du in Sicherheit bist.«

»Fenrir ...«

»Ich war wie erstarrt, als ich hörte, dass du in den Händen unserer Feinde bist. Wenn dir etwas zugestoßen wäre, hätte ich sie alle umgebracht ...«

»Ich schätze, dass ich noch am Leben bin, bedeutet, dass ich quasi ihr Leben gerettet habe.«

Fenrir umfasste Rans rosig werdende Wangen mit seinen großen Händen. Sie fühlten sich warm an.

»Ran ... Ich liebe dich.«

Rans Augen weiteten sich unwillkürlich. »Wa...«

Die ganze Zeit über hatten sie nicht ein einziges Mal über ihre Gefühle füreinander gesprochen. Ran konnte es nicht glauben, diese Worte auf einmal aus Fenrirs Mund zu hören. Es war einer dieser schicksalhaften Momente, und obwohl Ran das wusste, musste er eine Frage stellen.

»Meinst du es wirklich ernst? Du willst eine romantische Beziehung?«

»Ich weiß, dass wir nach unserem ersten Treffen nur Sex hatten. Aber während der darauffolgenden Tage habe ich dich wahrlich geliebt. Ist das nicht genug für den Anfang?«

Fenrir meinte es ernst.

»Deine Zweifel wundern mich nicht. Wir haben nur über die Inu und das Omega-Dasein gesprochen. Über Stellung, Status und die Zukunft, aber nicht ein einziges Mal sind die wichtigen Dinge aufgekommen. Wir hatten keine Zeit, die Nähe zwischen uns weiter aufzubauen.«

Ran spiegelte sich in Fenrirs Augen und versank in ihnen.

»Oh, Fenrir.«

Sie wurden unterbrochen, bevor sie sich näherkommen konnten.

Jahangir streckte Fenrir seine immer noch gefesselten Hände entgegen. »Tut mir echt leid, dass ich euren bedeutenden Moment unterbreche, aber ...«

»Stimmt, du bist ja auch noch da«, murmelte Fenrir mit einem frustrierten Seufzer.

»Tja, ich wäre auch lieber eher verschwunden, aber du hattest nur Augen für den da. Hätte ich euch nicht unterbrochen, hätten wir morgen noch hier gesessen.«

Fenrir fing an zu glucksen. »Gut, dass du nicht verlernt hast, dich rauszureden, Jahangir. Du hast die Schuld für alles Unangenehme schon als Kind immer auf andere geschoben. Das ist eine schlechte Angewohnheit von dir.«

»Du hast mich doch erzogen. Was meinst du, wer es mir beigebracht hat?«, konterte Jahangir.

Fenrir deutete nur mit seinem Kinn auf den Ausgang, anstatt Jahangir die Handschellen abzunehmen. »Varnagand und sein Team warten direkt vor der Tür. Sag ihnen, dass Ran in Sicherheit ist.«

»Hä, und was ist mit denen hier?«, fragte Jahangir und wedelte mit den Händen.

»Wenn dir wirklich leidtut, was du getan hast, verdienst du zumindest diese Demütigung«, sagte Fenrir.

Darauf hatte Jahangir keine schlagfertige Antwort mehr. »Fein. Und wenn ich schon dabei bin, sage ich ihnen auch, dass sie für eine Weile niemanden reinlassen sollen. Dann seid ihr ungestört.«

»Das ist mein kleiner Jahangir. Bleib so ehrlich, dann passiert dir auch nichts Übles mehr.«

»Jaja!«

Zuckerbrot und Peitsche – das schien Fenrirs Strategie zu sein, mit Jahangir umzugehen. Dieser wirkte nicht allzu glücklich darüber, immer noch wie ein Kind behandelt zu werden und beschwerte sich murmelnd darüber, während er abdampfte.

Fenrir legte seine Finger an Rans Kinn, um sein Gesicht von Jahangirs Rücken abzuwenden. »Es tut mir leid. Jahangir hat dich in Gefahr gebracht.«

»Du musst dich nicht entschuldigen.«

»Von seinem Status als hochrangiges Mitglied der Neun Familien abgesehen ist er wie ein kleiner Bruder für mich.«

Wenn Jahangir das gehört hätte, hätte er vor Freude geweint. Selbst in dieser Situation fungierte Fenrir als Jahangirs großer Bruder.

»Er wird sich später noch bei dir persönlich entschuldigen. Dafür sorge ich.«

Ran nickte, und damit war das Thema für Fenrir beendet Er lehnte seine Stirn an Rans Stirn und, drückte seine sanft lächelnden Lippen auf Rans Lippen.

»Fenrir ...«

»Ich sage es noch einmal, Ran. Ich liebe dich von ganzem Herzen. Und für dich habe ich beschlossen, König der Inu zu werden.«

»Warum das?«

Was hat Fenrirs Königsein mit mir zu tun?

»Ich werde König und unsere Welt so verändern, dass Wesen wie du und deine Eltern sich nicht mehr verstecken müssen und ein einfaches Leben führen können. Auf diese Weise wirst du auch bald deine Eltern wiedersehen können.«

Rans Brust war schlagartig wie zugeschnürt.

An so etwas denkt Fenrir? Ich weiß, dass meine Eltern noch am Leben sind, aber ich war darauf vorbereitet, sie nie wieder zu sehen.

»Wenn das wirklich möglich wäre ... Fenrir ...«

»Auch unser Verhältnis den Menschen gegenüber muss angepasst werden. Wie die alten Inu zu leben, hat schon lange keinen Vorteil mehr für uns. Vielleicht brauchen wir uns nicht einmal zwangsweise während unserer Brunstzeiten zu paaren, nur um unser Blut weiterzugeben. Ich würde gern Beziehungen ermöglichen, in denen Paare zusammenleben, die sich lieben, gegenseitig respektieren und sorglos miteinander leben.«

Was ist mit Fenrir in den letzten Tagen passiert, in denen wir uns nicht gesehen haben?

Ran traute seinen Ohren kaum. Fenrir zeigte auf einmal ein ganz neues Gesicht.

»Hör zu, Ran. Das hier sind nur meine Gefühle für dich, und ich will dir nichts aufzwingen. Immerhin kennst du den Clan der Inu bisher kaum. Wenn du in Zukunft unabhängig von anderen Wölfen leben willst, werde ich mein Bestes tun, um das zu ermöglichen. Wenn du dich aber dafür entscheidest, in der Welt deiner Eltern zu leben, trete ich in den Hintergrund und du tust, was sich für dich richtig anfühlt.«

»Was wird aus uns ...?«

»Meine Gefühle für dich werden sich nicht ändern. Aber ich werde dich nicht drängen, das Gleiche für mich zu empfinden.«

Das sanfte Lächeln, das Fenrir Ran schenkte, erinnerte ihn an Jahangirs Worte: Fenrir stellt das Glück aller anderen über sein eigenes. Wie recht der Mann damit gehabt hatte. Allerdings war es gerade diese Eigenschaft, die Fenrir zu einem großartigen König machen würde. Ein König, der sein Amt nur antreten würde, um Ran das Leben zu erleichtern. Fenrir würde Ran immer wieder sagen, dass er ihn liebte. Und selbst wenn Ran ihn zurückwiese, würde Fenrir seine Entscheidung akzeptieren und ihn gehen lassen.

»Dein lächelndes Gesicht ist mein ganzes Glück.«

»Was denkst du, was mich glücklich machen würde?«, fragte Ran zurück.

Fenrir legte die Stirn in Falten. »Was dich glücklich macht?«

Ran musste über Fenrirs Begriffsstutzigkeit lachen. »Ist es nicht paradox, dass du sagst, dass du mich liebst, aber nicht von selbst darauf kommst, was mich wirklich glücklich machen würde?«

Fenrir war gekommen, um ihn, Ran, zu retten. Die Gefahr hatte ihn nicht interessiert, und er hatte Rans Duft wahrgenommen, bevor er ihn sehen konnte. Diese Bereitschaft, diese Fürsorge, gaben Ran das Gefühl, wahrhaftig geliebt zu werden.

Seine Liebe ist anders als die von meinen Eltern für mich. Sie ist direkter, sanfter und zugleich viel leidenschaftlicher. Verzehrend.

»Entschuldige, ich muss dich noch mal ansehen …«, sagte Fenrir und schob Ran ein Stück von sich. Das liebte Ran an Fenrir. Seine Aufrichtigkeit und Sorge um ihn.

»Wenn du mich schon inspizierst, mach es ganz genau«, gab Ran frech zurück. Er griff nach Fenrirs Krawatte und zog ihn daran zu sich herunter, ehe er einen schelmischen Kuss auf dessen Nasenspitze drückte.

»Ran …«

Der süßliche Duft zwischen ihnen intensivierte sich und ließ sie atemlos zurück.

»Fenrir, ich weiß nicht, ob das, was ich für dich empfinde, Liebe ist. Aber es gibt etwas, das ich unbedingt will.«

Fenrir wurde hellhörig. Senkte den Kopf zu Ran, um ihn besser zu verstehen. »Was wäre das?«

»Wenn ich es dir verrate, bekomme ich es dann auch?« Grinsend näherte er sich Frenrir und hauchte ihm die folgenden Worte ins Ohr: »Ich will ein Kind von dir.«

Neugierig betrachtete Ran Fenrir. Er dachte, es würde ihn glücklich machen, doch Fenrir legte die Stirn in tiefe Falten.

»Ran, dein Wunsch schmeichelt mir. Aber das ist nichts, was man einfach aus Neugierde ausprobiert. Außerdem habe ich gehört, dass es mit einem biologisch männlichen Körper wesentlich schwieriger ist, schwanger zu werden«, sagte Fenrir ruhig, aber mit ernstem Gesicht. »Deine Hitze macht dich zwar empfänglich für mich, aber nicht unbedingt fähig, Kinder zu bekommen. Und dazu kommt, dass dein Status als Wolf noch nicht endgültig geklärt ist. Es gibt keine Garantie, wie das Schicksal eines solchen Kindes aussehen würde. Und dann ist da noch ...«

Sanft hob Ran seinen Zeigefinger an Fenrirs Lippen. »Ich weiß, dass du dir Sorgen um mich machst.« Fenrir musste über das Wesen der Omegas recherchiert haben, um all das zu wissen. Ein so gewissenhafter und sanftmütiger Mann — wie konnte es die falsche Entscheidung sein, mit ihm ein Kind zu bekommen? »Und mir ist bewusst, dass eine Schwangerschaft schwierig ist. Aber was ich sagen möchte: Ich will dich, Fenrir!«

Diese unverblümte Aussage war es, die eine Veränderung in Fenrir hervorrief. »Ran ...«

»Ich kann nicht wissen, ob ich dich so liebe wie du mich. Vielleicht sind diese Gefühle im Augenblick nur auf unsere Instinkte zurückzuführen. Oder vielleicht bin ich auch nur eine sexuell unersättliche Person. So oder so will ich mich mit dir vereinen. Ich will eine Menge unanständiger Dinge mit dir tun. Ich will deine Wärme spüren. Ich will dich küssen. Ich will dich in mir haben. Ich will mich gut fühlen. Ich will Sex haben — aber nur mit dir.«

Seine Gedanken auszusprechen, machte Ran immer hitziger, was an Fenrir nicht spurlos vorbeiging. »Du hast die Pillen nicht genommen, oder?«

»Doch, doch. Aber dein Geruch erregt mich trotzdem.« Ran wurde von seinen eigenen Worten hart. Sein Gemächt fing sichtbar an, zu pulsieren.

»Da kann man wohl nichts machen …«

Ungeduldig führte Ran Fenrirs Hand zu seiner Mitte. Im Moment der Berührung hüpfte sein Schwanz auf und ab, als wäre er voller Ungeduld und Verzweiflung. »Sieh hin. Ich will es tun, ich will dich! Ich will … Mein Kopf ist wie vernebelt, ich werde noch verrückt.«

Ran griff nach Fenrirs Jacke, zog sie ihm aus. Er steckte den Finger in den Knoten seiner Krawatte und lockerte sie, ehe er ihm das Hemd aufknöpfte. Ein Knopf nach dem anderen – dann zog er das Hemd aus der Hose.

Fenrirs entblößte Porzellanhaut verströmte diesen betörenden Duft. Ran legte einen Zeigefinger auf Fenrirs Brust und fuhr damit seinen Oberkörper hinab. Als er den Gürtel erreichte, öffnete er ihn und den Reißverschluss der Hose gleich mit. Er entblößte Fenrirs immer heißer und größer werdendes Verlangen.

»Das hier … will ich tief in mir spüren …«, hauchte Ran, während er Fenrir durch den Stoff seines Slips streichelte. Fenrir beugte sich über ihn, presste seine Lippen auf Rans und dessen Rücken gegen den kalten Mamor des Altarraums.

»Bist du sicher, dass es nicht zu viel ist? Nach der Tortur?«

»Jetzt keinen Sex zu haben, ist trotzdem keine Option. So viel Selbstbeherrschung hast nicht mal du, oder?«

Fenrirs Wangen röteten sich. Erwischt.

Ran schlang seine Beine um Fenrirs Hüften – eine Einladung, mit voller Kraft in ihn zu dringen. »Schnell, bitte. Steck ihn rein.«

»Ran, ich will dir nicht wehtun. So einfach geht das nicht.«

»Doch... Bitte beeil dich!«

Jeder Millimeter Abstand zwischen ihnen war unerträglich. Er wollte nicht, dass Fenrir auch nur einen Zentimeter von ihm abrückte. Vielleicht war er noch benommen von den Drogen, aber in der ihn übermannenden Lust schmolz sein Verstand dahin.

Ich weiß, ich bin gerade so ein Idiot. Aber ich kann nur an Sex mit ihm denken ...

»Mach doch nicht so ein enttäuschtes Gesicht«, sagte Fenrir sanft und streichelte Rans Wangen. Er küsste ihn immer wieder, während er sich zwischen seine Beine schob und endlich mit seiner eigenen Spitze gegen Rans pulsierenden Eingang drückte. Fenrir hielt Rans Bein gespreizt in die Luft und drang langsam in ihn ein.

Für einen Moment pausierte er.

»Ah! Hmmm ...! Wieso hörst du auf?«

»Ich will es genießen und dich richtig spüren.« Fenrirs freie Hand fuhr Rans Oberschenkelinnenseite nach oben, bis er bei seinem Glied ankam, es fest umschloss und anfing, es zu massieren.

Ran wusste genau, dass Fenrir sich gerade zusammenreißen musste, um nicht wild über ihn herzufallen. »Wenn du so weitermachst, ah! Mich so berührst ... Dann komm ich direkt.«

Kaum hatte er es ausgesprochen, konnte Ran nicht mehr an sich halten. Er spritzte in Fenrirs Hand ab – was den nicht zu stören schien. Die gewonnene Flüssigkeit nutzte er als Gleitmittel, um Ran weiter zu massieren, während er tiefer in ihn eindrang.

»Ah! Ja! Genau ... da ... haaah ...!«

Mit Fenrir in ihm wurde Ran sofort wieder hart. Er fühlte ihn tief in sich und die Wärme erfüllte ihn bis zum Bauchnabel.

»So gefällt es dir, was?«

»Fenrir, bitte. Wenn du hinten und vorne gleichzeitig ... dann ... verlier ich den Verstand ...!«

»Dann verlier ihn«, hauchte Fenrir und knabberte an Rans Ohrläppchen. »Ich möchte, dass ich alles bin, woran du denken kannst. Ich werde alles tun, was sich gut für dich anfühlt. Ich werde dich so oft abspritzen lassen, wie du willst. Ich werde so oft Sex mit dir haben, wie du willst. Lass es uns immer wieder tun und immer wieder unsere Liebessäfte aufeinander verteilen. Wenn du an nichts anderes mehr denken kannst und nur noch von deinen Instinkten geleitet wirst, kommst du deinen Gefühlen vielleicht näher. Und wenn du mich eines Tages auch lieben kannst, schwöre ich, dass ich mich dir ganz hingeben werde.«

Fenrirs Hüften bewegten sich ungeduldig, aber quälend langsam. Silbernes Haar fiel auf Rans Haut und kitzelte ihn sanft.

»Fenrir, bitte ...«

»Ich sag es dir noch einmal. Ich liebe dich, Ran«, sagte Fenrir und stieß tiefer und fester zu als zuvor. Im durchscheinenden Sonnenlicht der Buntglasfenster liegend, kamen sie gemeinsam zum Höhepunkt.

* * *

Ab dem Moment waren Rans Erinnerungen verschwommen. Nach seiner letzten Ejakulation wusste er nur noch, dass Fenrir ihn getragen und nach Hiroo gebracht hatte.

Ran wachte in einem weichen Bett auf, das ihm vertraut war. Er lag in Fenrirs Armen, geduscht und seine Haut von dem Ritualöl befreit.

Obwohl eine wohlige Wärme von Fenrir ausging, schlief Ran nicht noch einmal ein. Aufgrund der Drogen war er noch etwas benommen. Er rückte noch näher an Fenrir heran und kuschelte sich an ihn. Und Fenrir reagierte, indem er Ran an sich zog, seine Haut küsste und sich Stück für Stück zu Rans Lippen vorarbeitete. Fast, als wollte er prüfen, dass alles in Ordnung war.

»Das kitzelt ...«

Die federleichten Berührungen ließen Ran aufseufzen und seine Hüfte in Fenrirs Richtung schieben. Er wollte wieder mehr, doch Fenrir kam ihm nicht sofort entgegen.

»Wieso nicht?«, fragte Ran ungeduldig.

Fenrir strich Ran über die Wange und lächelte sanft. »Vorhin haben wir es überstürzt miteinander getan. Diesmal will ich dich in vollen Zügen lieben und es genießen.«

»Aber ...«

»Ich will dich. Nicht wegen des Sexes, sondern weil ich dich liebe.«

Fenrirs Lippen wanderten zu Rans Kinn, dann seinen Hals hinab. Das sanfte Knabbern an seiner Haut ließ die Lust zwischen Rans Beinen wachsen und mit jeder weiteren Liebkosung wandte er sich mehr unter Fenrir. Seine Füße rutschten auf dem Laken weg, seine Brustwarzen wurden steif und er spürte einen aufsteigenden Druck zwischen seinen Schenkeln. Immer wieder streckte er die Beine durch, um dieses Gefühl zu unterdrücken, doch die Härte in seiner Mitte ließ sich nicht länger verbergen.

»Ran, oh, Ran«, hauchte Fenrir in sein Ohr und neckte sein Ohrläppchen zart mit den Zähnen. Mit Händen und Lippen berührte er jeden Zentimeter von Rans Körper, benutzte nur Lippen und Zunge, um Ran quälend langsam und zärtlich weiter zu stimulieren.

Die Lust überrollte Ran in Wellen: sanft, aber intensiv genug, dass er mit jeder vergehenden Sekunde weiter den Verstand verlor. »Oh, Fenrir …!«

Ran rekelte sich auf den Laken. Genoss, wie sich Fenrirs langes, silbernes Haar auf seinen Körper ergoss. Seine Haut war empfindlich und überreizt, sodass sich jede einzelne Strähne wie ein kleiner Stich anfühlte. Immer wieder blieben Haare an seinem verschwitzten Körper kleben. Er konnte Fenrir nicht entkommen. Es war wie ein Labyrinth aus Lust und Verlangen. »Ran …«

Als Fenrir seinen Oberkörper erreichte, drückte er seine Zunge gegen Rans Brustwarzen und entlockte ihm einen Seufzer. Je intensiver Fenrir mit ihm spielte, desto stärker wurde die Stimulation. Und desto süßer war der Schmerz.

Unwillkürlich spannte Ran seine Bauchmuskeln an. Seine Beine zuckten. »Ahh aah ...!«

Fenrir senkte den Blick zu Rans hartem Glied. »Da hat es aber jemand eilig«

Er streckte die Hand zu Rans bestem Stück aus, als er mit der Zungenspitze über dessen Brustwarze leckte. Mit der freien Hand umfasste Fenrir Rans Eichel und drückte sie immer wieder zusammen.

»Nein, ah ... Hng!«, quietschte Ran.

Fenrir schmunzelte über die hohe Stimmlage. »So fühlt es sich doch gut an, oder?« Ran nickte heftig. Er wollte nichts mehr, als endlich mit Fenrir verbunden sein.

Fenrir jedoch ignorierte Rans Drängen und setzte seine quälenden Liebkosungen fort. Eine Welle nach der anderen überrollte Ran, und er rieb die Oberschenkel aneinander, um Herr über die Lust zu werden.

Ich will ihn nicht nur von außen spüren. Er soll in mir sein.

Ran streckte Fenrir seinen Hintern einladend entgegen. »Mehr ... Los ...«

»Mehr? Von was genau?«, fragte Fenrir, wohl wissend, was sein Geliebter wollte. Doch er wollte aus Rans Mund hören, wie sehr dieser ihn begehrte.

Ran ergriff Fenrirs freie Hand und führte sie zu seinem Hintern. »Mehr von dir, Fenrir.«

»Da soll ich dich berühren?«, fragte Fenrir und bearbeitete Rans Eichel mit den Fingerspitzen.

»Ja, mehr!«

»Nicht eher hier?«

Plötzlich spürte Ran ein starkes Pulsieren, als Fenrir

seine Hand löste und einen Finger in Rans Hintern einführte.

»Ah!«

Der Finger in seinem Inneren ließ Ran aufstöhnen und in einen Lustrausch abrutschen, der ihn zum Kommen brachte. Sein Sperma befleckte seine Haut auf Bauch und Brustkorb.

»Oh, sorry ... Ich ...«, stammelte Ran beschämt und wollte es mit der Hand wegwischen.

Fenrir hatte andere Pläne. Er griff nach Rans Fingern und leckte sie ab. Saugte und umspielte sie mit seiner raffinierten Zunge. Das Geräusch des schmatzenden Speichels erregte Ran ebenso wie der Anblick von Fenrirs Zunge. Es brachte ihn zurück zu dem Sex, den sie hatten, nachdem Fenrir ihn von seinen Fesseln befreit hatte.

»Ran«, sang Fenrir den Namen regelrecht. Seine Finger stießen immer wieder in Ran und bewegten sich in einem unzüchtigen Rhythmus. »Willst du mich endlich spüren?«

Er führte Rans Hand zu seinem eigenen, harten Glied, das ungeduldig pulsierte. Wie um darauf zu antworten, fing Rans Herz an, schneller zu schlagen.

»Ja, bitte!«, flehte Ran.

»Dann sollst du mich kriegen.«

Mit gespreizten Beinen lag Ran unter Fenrir. Er wandte sich unter dem Mann und hoffte, dass er so aufreizend auf ihn wirkte, wie er sich fühlte.

Fenrir schob die Spitze seiner rasenden Begierde langsam tiefer in Ran hinein.

»Ah ...!«

Das Eindringen. Das Gefühl der Enge. Beides ließ Ran

vor Lust aufstöhnen. Für einen Moment war sein Kopf wie leer gefegt. Als Fenrir am tiefsten Punkt angekommen war, hörte er auf, sich zu bewegen.

Worauf wartet er?

»Noch ein bisschen tiefer ...«, sagte Fenrir mit einem schelmischen Grinsen. »In dir ist es so weich, feucht und heiß. Ich bin so tief in dir und deine Muskeln saugen so fest an mir, dass es fast wehtut. Dein Körper will mich an den Punkt führen, an dem es sich für uns beide richtig gut anfühlt.«

Fenrir zog seine Hüften zurück, ehe er wieder in Ran stieß.

»Ah, nein! Nicht ... ah ... haaah!«

Ran konnte sich kaum konzentrieren, geschweige denn ganze Sätze formulieren. Vor seinen Augen begannen Sterne im Rhythmus von Fenrirs Stößen zu tanzen.

»Oh nein, ich komme gleich. Du bist so riesig ...«, stöhnte Ran. Er kniff die Augen zusammen und warf den Kopf in den Nacken.

So etwas hatte er noch nie empfunden. Fenrirs tiefe Stimulation ließ ihn dahinschmelzen. Er konnte nicht anders, als alles in sich aufzunehmen, überwältigt von den unzähligen Reizen, die auf ihn einprasselten.

»Ja. Oh Gott, ja! Fenrir ...! Genau da, weiter ... Aaah!«

»Oh ja, gut so. Bleib bei mir. Ich stoße so oft an diese Stelle, wie du willst. Ich bin hier. Lass dich fallen.«

Fenrir griff nach Rans unruhigen Händen und drückte sie auf das Bett. Eine Geborgenheit durchströmte Ran, die nicht zu ihrem unzüchtigen Treiben passen wollte.

»Fenrir!«

»Ran, ich liebe dich!«

Fenrirs Herz galoppierte in seiner Brust – und Ran wurde ein weiteres Mal von einem Strudel der Lust verschluckt.

* * *

Das Bankett des Clans der Inu war prächtiger und üppiger, als man es sich hätte vorstellen können. Angeblich wurde das Fest von einem der weltweit bekanntesten Unternehmen gesponsort. Nicht alle Mitglieder passten in den großen Bankettsaal des Hotels, daher wurde die Party aufgeteilt und per Video live in den zweiten Saal übertragen.

Laut Varnagand kamen viele nur zum Veranstaltungsort, um einen Blick auf Ran, einen reinblütigen Wolf, zu werfen. Ran selbst war damit beschäftigt, die Ausmaße des Clans der Inu in sich aufzunehmen.

»Wir haben's dir doch gesagt. Die Inu regieren die menschliche Welt aus dem Hintergrund.«

Fenrir sollte heute offiziell zum nächsten König ernannt werden. Niemand hatte sich als weiterer Kandidaten aufstellen lassen, und durch den Übergriff der Saluki-Familie stand Fenrir faktisch als nächster König der Inu fest. Fenrirs Vater hatte sich immer mehr von seinem Amt zurückgezogen, wodurch der Tag, an dem Fenrir selbst zum König der Inu werden würde, unweigerlich nähergerückt war.

Fenrir sollte vor dem Bankett zum König vereidigt werden. Zu dem Anlass trug er ein knielanges Jackett mit wunderschönen, filigranen Stickereien aus schimmernden Fäden, die seine silbernen Haare widerspiegelten. Die Hose war aus demselben Stoff und die kniehohen, weißen Reitstiefel waren von der Kleidung europäischer Könige des Mittelalters inspiriert worden.

Ran bewunderte Fenrir von Kopf bis Fuß. »Das steht dir ausgezeichnet.«

»Danke. Du siehst auch fantastisch aus, Ran.«

»Danke dir.«

Varnagand, gekleidet in einen tiefschwarzen Anzug eines Bodyguards, beobachtete die beiden mit stolzer Genugtuung.

»Ey, das ist eine öffentliche Veranstaltung. Könnt ihr mit der Flirterei nicht warten, bis ihr wieder zu Hause seid?«, protestierte Jahangir lautstark. Er stand neben Varnagand und trug ebenfalls ein schwarzes Outfit.

Die Saluki-Familie war wegen ihrer Taten schwer bestraft und das Familienoberhaupt seines Amtes enthoben worden. Alle Anschuldigen gegen des neue Oberhaupt, Jahangir, waren fallen gelassen worden, weil Fenrir keine Anklage erhoben und Jahangir von selbst gestanden hatte. Er hatte sich freiwillig dazu bereit erklärt, in Fenrirs Dienste zu treten, um für seine Taten Sühne zu zeigen.

Ran hatte von vornherein geahnt, dass Jahangirs Motivation noch eine andere war: Er hatte zurück an Fenrirs Seite gewollt, es aber nicht ohne guten Grund bewerkstelligen können.

Jahangir wollte Fenrir und Ran demnächst mit Ahmad, mit dem er bei Fenrir aufgewachsen war, besuchen kommen. Zum heutigen Bankett würde Ahmad offenbar nicht erscheinen.

Es war immer noch nicht bekannt, wer die Fanatiker waren, die Ran und Jahangir hatten opfern wollen. Während der Rettungsaktion waren nur rangniedere Anhänger anwesend gewesen, und angeblich hatte keiner von denen einen Schimmer davon gehabt, was im Altarraum vor sich gegangen war. Trotzdem wurden auch sie vom Clan geächtet. Ihre Organisation hatte keine Substanz und das Einzige, was sie taten, war, das Leben der Inu zu erschweren.

»Meinst du, nach dem Bankett wird sich direkt etwas ändern?«, fragte Ran, während er noch mal den Text für die Zeremonie durchging.

»Hm. Sie werden nicht sofort von ihren Überzeugungen ablassen, was die Fortpflanzung unter den Inu betrifft. Aber wir werden den Clan zu einem Ort machen, an dem es um das Kind geht, nicht nur um das Blut des Clans.«

Da ihre Triebe jedoch stark in ihnen verankert waren, würde es wohl noch einige Zeit dauern, bis eine tatsächliche Veränderung im Verhalten stattfinden würde.

»So etwas kann man zwar nicht von heute auf morgen bewerkstelligen, jedoch werde ich mich als König dieser Herausforderung stellen.«

»Ich werde dich unterstützen, wo ich nur kann. Lass mich dir bitte dabei helfen.«

»Sehr gern. Ich danke dir.«

Ran hatte sich offiziell für ein Leben bei den Inu entschieden, mit der Familie Saarloos als Paten. Er war immer noch auf der Suche nach seinem wahren Ich – seiner Identität als Wolf –, aber er glaubte daran, dass das Leben in der neuen Weltordnung, die Fenrir anstrebte, funktionieren würde.

Nur eine Sache trübte die Freude, die Ran tagtäglich empfand: Gegenwärtig war die Ehe zwischen Männern nicht erlaubt. Auch nicht in der Welt der Inu.

»Ich möchte Ran ganz offiziell heiraten und zu meinem Ehemann machen. Dieses veraltete Gesetz wird das erste sein, das ich ändere«, hatte Fenrir geschworen.

Ran selbst empfand es nicht als zwingend nötig, ihr Zusammensein auf diese Weise zu festigen. Er musste Fenrir nicht unbedingt heiraten, auch wenn er sich Kinder von ihm wünschte. Aber Fenrir war entschlossen, das Gesetz um jeden Preis zu ändern, bevor er und Ran ein Kind bekämen. Er hatte gesagt, dass dieses Ziel ihm die Kraft geben würde, sich gegen die anderen Mitglieder des Clans durchzusetzen. Egal, wie schwer es werden würde.

Ruhig, anmutig und kühl: Das war der Eindruck, den Fenrir früher auf Ran gemacht hatte. Aber der liebevolle Gesichtsausdruck, den er nur Ran zeigte, und die Art, wie er von ihrer zukünftigen Hochzeit schwärmte, waren weit entfernt von dem Fenrir, der er einmal gewesen war.

Fenrir selbst betonte immer wieder, was für ein leidenschaftlicher Mann Ran war. Ran sah sich zwar in einem anderen Licht, aber ihre gemeinsame Zeit hatte definitiv einen Teil seines Wesens offenbart, der bisher verborgen gewesen war. Genauso wie bei Fenrir.

»Viel Glück!« Ran lächelte Fenrir aufmunternd zu, während dieser vortrat, um das Amt des Königs anzutreten.

Rans nächste Hitze stand kurz bevor. Fenrir schien dies

keine Sorgen zu bereiten, denn er war der festen Überzeugung, dass es keine Probleme geben würde – immerhin hatten sie genau dafür ihre Hemmer. Was Fenrir allerdings nicht ahnte: Ran nahm die Medikamente, die Fenrir ihm gegeben hatte, nicht. Fenrir konnte Rans Omega-Geruch selbst mit den Hemmern kaum widerstehen. Und in den nächsten Tagen würde er sein blaues Wunder erleben ...

ENDE

Bonuskapitel: Zärtlichkeit ist ein Fehler

Die Leute warfen einen Blick auf Fenrir – mit seinem anmutigen Äußeren und seinem sozialen Status – und waren sich sicher, dass dieser Mann im Haushalt keinen Finger krumm machte. Oder dass er Angestellte hätte, die nicht nur die Hausarbeiten für ihn übernahmen, sondern ihm sogar beim Ankleiden halfen. Als wäre er ein adliger Sprössling aus dem Mittelalter.

Sobald sie Fenrir kennenlernten, wurde allen bewusst, dass dem nicht so war, aber sein Aussehen schien die Leute vollkommen zu täuschen.

Im Laufe seiner dreißig Lebensjahre war er solcher Zeitgenossen überdrüssig geworden. Egal, was er sagte, im Grunde wollten sie es gar nicht hören. Sie glaubten, was sie glauben wollten. Irgendwann war er einfach dazu übergegangen, sie reden zu lassen. Wenn sie es unbedingt wollten, würde er sie nicht aufhalten.

In Wahrheit erledigte Fenrir all seine Angelegenheiten selbst – und seit seinem fünfzehnten Lebensjahr kümmerte er sich auch um die jüngeren Nachkommen des Clans. Damals waren sie unerzogen und eigensinnig gewesen, hatten auf niemanden gehört und sich wie Straßenköter mit stark ausgeprägtem Stolz benommen.

Eigentlich wäre es nicht Fenrirs Pflicht gewesen, für sie zu sorgen. Er hätte das von sich weisen können. Doch hätte er sie aufgegeben, wären die Folgen später nie wieder umkehrbar gewesen, dessen war er sich sicher.

Fenrir hasste seine Familie, und die mit ihr verbundenen Verpflichtungen waren ihm seit jeher zuwider. Umso weniger hatte er die Kleinen im Stich lassen können, die dem gleichen Schmerz wie er ausgeliefert gewesen waren.

Einer von ihnen war Jahangir von der Saluki-Familie, der andere Ahmad von den Afghanischen Windhunden.

Anfangs hatten sie gegen ihn rebelliert, waren feindselig gewesen, aber Fenrir hatte sich die Zeit genommen, um sie zu zähmen. Doch ehe man sichs versah, waren aus den schmutzigen Kindern zwei beeindruckende und geläuterte, attraktive, junge Männer geworden, die Fenrir so ergeben waren, als seien sie seine leiblichen Brüder.

In den letzten Jahren waren sie alle so beschäftigt gewesen, dass sie, abgesehen von den Zusammenkünften des Clans, kaum noch Gelegenheit gehabt hatten, miteinander zu sprechen. Doch ihre gemeinsame Vergangenheit war deshalb nicht einfach verschwunden.

Nachdem Ran Magami auf der Bildfläche erschienen war, und Fenrir sich dazu entschieden hatte, den Weg des Königs einzuschlagen, hatten sie wieder angefangen, häufiger vorbeizuschauen.

Fenrir selbst war glücklich über diese Entwicklung und

dankbar, in einer Welt wie dieser – in der sich Oberfläch-
lichkeit und Geltungssucht mit niederen Gelüsten und Intri-
gen die Hand gaben – Menschen um sich zu haben, denen
er von ganzem Herzen vertraute.

»Du, Fenrir. Schläft Ran immer noch?«

Dennoch wünschte er sich gerade nichts sehnlicher, als
dass beide etwas Zurückhaltung lernten. Oder verstanden,
was Privatsphäre war.

»Du hast extra so ein leckeres Frühstück vorbereitet, das
ist doch Verschwendung. Ahmad, sag doch mal was. Fin-
dest du nicht auch?« Gierig verschlang Jahangir die Würst-
chen und das Omlette, die vor ihm auf dem Teller lagen,
und wandte sich an seinen Kindheitsfreund, der neben ihm
saß. Dieser war ebenfalls mit dem Frühstück befasst, das
Fenrir ihnen aufgetischt hatte.

Jahangirs und Ahmads Verhältnis ähnelte weniger dem
von Kindheitsfreunden und mehr dem von Geschwistern.
Ursprünglich waren sie Vettern zweiten Grades und wurden in Fenrirs Obhut gegeben, nachdem sie ihre eigenen
Familien verlassen hatten. Anders als Jahangir, der von seinem Vater als uneheliches Kind abgeschoben worden war,
war es bei Ahmed zum Großteil auf seinen eigenen Wunsch
geschehen. Zwar nicht sofort, aber irgendwann hatte Ahmad selbst seine Eltern vehement angebettelt, bei Fenrir leben zu rürfen.

Fenrir war für die beiden lange Zeit sehr vieles gewesen:
Lehrer, Ersatzvater, großer Bruder. Noch dazu weckte das
Essen, das er ihnen vorsetzte, ein Gefühl »wie von Mama«
bekocht zu werden.

Die beiden, die vorher noch nie in den Genuss selbstgemachter und wohlschmeckender Speisen gekommen waren, waren dank Fenrirs Fürsorge nicht nur gesund aufgewachsen, sondern auch regelrechte Gourmets geworden.

»Zeigt mal etwas Dankbarkeit, ihr frechen Welpen«, sagte Fenrir scherzhaft.

Jahangir reagierte mit einem ernsten: »Natürlich! Wir werden nie jemandem dankbarer sein als dir, Fenrir. Wenn du nicht gewesen wärst, wären wir nie anständige Menschen geworden.«

Jahangirs Worte kamen von Herzen. Auch wenn die beiden Fenrir nicht mehr so oft besuchten wie in ihren Kindheitstagen – vor allem in Anbetracht des schwierigen Verhältnisses zwischen ihren Familien. Als hätten diese Familien vergessen, dass sie die beiden wie lästige Insekten in Fenrirs Obhut gescheucht hatten.

In der Öffentlichkeit machten die Saluki-Familie und die Afghanen keinen Hehl aus ihrer Abneigung gegen das Haus der Saarloos. Schon bald standen sich die Familien feindselig gegenüber.

Auch wenn Jahangir und Ahmad es selbst nie gewollt hatten, waren sie von ihren Familien in diese Machenschaften hineingezogen worden. Zwar waren sie privat weiterhin in Kontakt geblieben, aber ihre offiziellen Stellungen hatten ihnen im Weg gestanden. Deshalb war es ihnen in letzter Zeit nahezu unmöglich gewesen, sich in der Öffentlichkeit miteinander zu unterhalten – ganz zu schweigen davon, gemeinsam zu frühstücken.

Und genau das war der Grund, weshalb Jahangir so

fröhlich am Tisch saß. Endlich konnte er Fenrir wieder besuchen und das Essen seiner Kindheit genießen.

Kaum war sein Teller leer, wandte er sich Ahmads Teller zu. Der hatte von jedem Gericht ein paar Happen übrig gelassen, um die Jahangir ihn erleichtern wollte. Für diesen Versuch bekam er einen schwungvollen Klaps direkt auf den Kopf.

»Autsch! Ahmad, du ... Was soll ...«... der Quatsch, wollte er fragen, schloss seinen Mund allerdings schnell, als er Ahmads Blick folgte. Dieser hatte seine Messerspitze an Jahangirs Kehle gelegt.

»Das ist gefährlich! Willst du mich umbringen?«

Eigentlich war es nur ein einfaches Buttermesser. Wenn man es jedoch mit ganzer Kraft in eine Kehle stieß, wäre es sicherlich möglich, einem Menschen damit das Leben zu nehmen.

»Wenn jemand versucht, mir Essen vom Teller zu klauen, das Fenrir extra für mich zubereitet hat, verdient diese Person mehr als den Tod.«

»Woah, echt jetzt? Fenrir, hast du das gehört?«, zog Jahangir den dritten Mann im Raum entsetzt mit in das Gespräch. »Der will mich kaltmachen, nur weil ich versucht habe, sein Essen zu stehlen. Dabei bin ich doch quasi sein Bruder! Unfassbar!«

Zu Jahangirs Pech kannte Fenrir sie nicht erst seit gestern – immerhin waren sie miteinander aufgewachsen. Er brauchte nicht einmal hinzusehen, um zu wissen, was vorgefallen war.

Heiter, lebhaft, und selbstgefällig: Jahangir hatte einen

starken Hang zur Überheblichkeit und war damit das komplette Gegenteil des wortkargen Ahmad. Der hatte wenig Ambitionen, sich durchzusetzen und machte oft den Anschein, als würde er artig alles tun, was Fenrir und Jahangir ihm sagten.

Die Wahrheit sah allerdings etwas anders aus. Ahmad wurde tatsächlich selten wütend und redete nur wenig. Trotzdem war er eigensinnig und stur, wenn er sich erst einmal etwas in den Kopf gesetzt hatte. Man konnte ihn zu nichts zwingen, das er selbst nicht wollte. Dass er auf Fenrir und Jahangir hörte, lag meistens daran, dass er mit ihnen einer Meinung war.

Ahmad war ein Kontrast in sich: Mit seinem wunderschön glänzend braunen Haar und den feinen Gesichtszügen wirkte er friedfertig – so wie die meisten Personen in der Familie der Afghanischen Windhunde.

Aber ihr Haus stand für Stärke im bewaffneten Kampf. Von Kindesbeinen an war Ahmad in zahlreichen Kampfkünsten unterrichtet worden, ebenso wie im Gebrauch diverser Waffen. Im Gegensatz zu Jahangir, dessen Motto in jeder Lage »Erst handeln, dann Fragen stellen.« lautete, wollte Ahmad eine Situation verstehen, bevor er reagierte. Hatte er sich allerdings erst einmal eine Meinung gebildet, handelte er dafür umso entschlossener.

An dem Zwischenfall mit Ran neulich, den die Saluki-Familie verursacht hatte, waren die Familie der Afghanen nicht direkt beteiligt gewesen. Unbestreitbar war jedoch, dass sie hinter den Kulissen mitgewirkt haben mussten.

Da Ahmad sich dessen bewusst war, hatte er sich gegen

eine Teilnahme am Bankett entschieden. Stattdessen hatte er insgeheim Unterlagen zusammengestellt, die Fenrir für seinen Aufstieg zum König benötigt hatte.

Für Ahmad war es eindeutig gewesen, wem er seine Loyalität schenken wollte. Weder die Inu noch der Wohlstand seiner Familie spielten für ihn eine Rolle. Seine Ergebenheit galt bis heute demjenigen, der ihn aufgezogen hatte: Fenrir. Und demjenigen, der für ihn wie ein Bruder war: Jahangir.

Deshalb waren Fenrir und Jahangir normalerweise die einzigen Personen, mit denen Ahmad seine Gedanken teilte.

Doch nun war Ahmad ernsthaft sauer auf Jahangir.

Fenrir lächelte ruhig und legte seine Hand auf die von Ahmad, mit der dieser das Messer weiterhin auf Jahangir gerichtet hielt. Langsam brachte er ihn dazu, es zu senken. »Du hast dich verständlich gemacht, Ahmad. Leg das Messer weg.«

Um seine Unzufriedenheit deutlich zu machen, sah Ahmad Fenrir mit einem düsteren Gesichtsausdruck an.

Fenrir reichte ihm Essen von einem anderen Teller. »Wirst du Jahangir verzeihen können, wenn du das hier kriegst?«

»Echt jetzt? Aber, das ist doch für ...«

Mit einem finsteren Blick brachte Ahmad Jahangir zum Schweigen.

»Keine Sorge. Ich bereite noch etwas anderes zu, damit ist das Problem erledigt.«

Bei diesen Worten wurde Jahangir sofort hellhörig. »Etwas anderes?«

»Nicht für euch«, gab Fenrir lachend zurück.

»Waaas, sag doch so was nicht! Ich meine, der schläft

doch eh noch, oder?«, sagte Jahangir und sah zum anderen Ende des Wohnzimmers. Um Fenrir etwas zu ärgern, fügte er hinzu: »Es ist schon nach Mittag und der pennt noch. Die letzte Nacht muss ja echt heftig gewesen sein, was?«

Für die Inu war es kein Tabu, über die Brunst zu sprechen. Sie gehörte einfach zu ihrem Leben. So gesehen war es für sie nicht anders, als über das Essen zu sprechen. Seit ihrer Kindheit war sie immer wieder Teil ihrer Unterhaltungen – zudem war es Fenrir gewesen, der Jahangir und Ahmad über diese bestimmte Periode ihres Lebens aufgeklärt hatte. Die Brunst war für sie eine Selbstverständlichkeit, über die sie auch jetzt als Erwachsene ohne Scham sprechen konnten.

Die beiden Jüngeren hatten im Moment auch keine Verpflichtungen, für Nachkommen zu sorgen. Daher hatten sie noch nie an einer der traditionellen Feierlichkeiten teilgenommen, die ausschließlich dem Zweck dienten, Kinder zu zeugen.

Beide nahmen ihre Hemmer täglich routinemäßig ein und brauchten sich keine Sorgen um eine starke Brunstzeit zu machen. Die Erwartungen ihrer Väter und Familien lagen jedoch immer auf ihren Schultern.

Da sie aus ähnlichen Verhältnissen stammten, konnte sich Jahangir den Druck, der auf Fenrir lastete, sehr gut vorstellen. Es machte keinen Unterschied, dass Fenrir seine Rolle als neues Familienoberhaupt bereits angenommen hatte.

Jahangir und Ahmad machten sich ständig Gedanken. Sollte ihr Umfeld sich je darüber beschweren, könnten sie zwar kurzerhand Nachwuchs zeugen, allerdings wussten sie nur zu gut, wie es Kindern erging, die auf solche Weise entstanden. Sie wollten ihren Nachkommen nicht das gleiche Elend zumuten.

Früher hatte sie die Vorstellung, Fenrir an jemand anderen – seinen zukünftigen Gefährten – zu verlieren, sehr unglücklich gemacht.

Als gesegnetes Oberhaupt der Saarloos war Fenrir so etwas wie die Ikone der Inu. Er stand für Ehre und hatte eine Position, zu der alle aufsahen.

Jahangir und Ahmad hatten sich keinen Gefährten vorstellen können, der Fenrir ebenbürtig gewesen wäre. Sie vertraten die Meinung, er solle lieber allein bleiben, anstatt sich mit einer Person zu paaren, mit der sie nicht einverstanden waren.

Inmitten dieser stürmischen Zeiten war Ran Magami aufgetaucht. Ein Wolf, der Fenrir direkt vor die Füße gelaufen war. Gerade so, als wäre es vom Schicksal vorherbestimmt gewesen.

Rans Eltern waren vor ihrer Beziehung zu den Inus geflohen und hatten im Verborgenen gelebt, sich dann jedoch aus Sorge um die Zukunft ihres Kindes hilfesuchend an die Saarloos gewandt.

Und so war der Alpha aller Alphas, das Symbol aller Inu, Fenrir, auf diese seltene Erscheinung eines Wolfes getroffen. Ran, der ein Omega und somit in der Lage war, sich mit einem Inu zu paaren und Kinder zu zeugen.

Es war einem Wunder gleichgekommen.

»Ran schläft noch?«, fragte Ahmed.

Fenrir nickte. »Vermutlich.«

»Vermutlich? Was soll das heißen?«, fragte Jahangir. »Ihr schlaft doch beieinander, oder? Warum weißt du das dann nicht?«

Jahangir war klar, dass Ran und Fenrir sich längst gepaart haben mussten. Was ihn daran am meisten erstaunt hatte, war, dass Ran bis zu diesem Zeitpunkt wohl noch nie eine Brunst erlebt hatte.

Aus der Sicht der Inu hatte man noch nicht von »Paarung« sprechen können. Und es »Sex« zu nennen, bereitete Jahangir auf ganz eigene Weise gewisse Schwierigkeiten.

In der Welt der Inu hatten »sich paaren« und »Sex haben« unterschiedliche Bedeutungen. Die Paarung war in jeder Hinsicht eine Handlung mit dem Zweck, Nachkommen zu zeugen. Für Jahangir hatten Gefühle dabei nichts zu suchen. Oder besser gesagt: Er wollte nicht, dass sie Teil davon waren.

Wenn es bei Fenrir und Ran also »Sex« war, in Ordnung. Damit kam er klar. Aber was er wirklich nicht akzeptieren konnte, war die Tatsache, dass die beiden Liebhaber sein sollten.

»Wir schlafen nicht zusammen«, antwortete Fenrir leise.

»Hä?«

»Ihr paart euch nicht?«, warf Ahmed dazwischen. »Ich dachte, ihr seid zusammen? Und trotzdem paart ihr euch nicht?«

»Echt nicht?«, hakte auch Jahangir nach.

»Wie oft muss ich euch eigentlich noch sagen, dass ich solche Gespräche nicht am Esstisch führe?«

Auch wenn die Paarung für die Inu eng mit ihrem alltäglichen Leben verbunden war, mochte Fenrir es gar nicht, wenn bei den Mahlzeiten darüber gesprochen wurde. Er hatte unzählige Male versucht, es Jahangir und Ahmad einzutrichtern. Und auch wenn sie sonst taten, was er ihnen sagte, stieß er damit jedes Mal auf taube Ohren.

»Etwas essen. Sich paaren. Wo ist da der Unterschied?«, fragte Jahangir unverblümt.

Sein Einwurf war durchaus nachvollziehbar. Fenrir selbst hatte lange Zeit so rational gedacht.

Aber heute standen die Dinge anders.

Ein Inu hatte die Pflicht, seine Familienerbe weiterzugeben. Dazu brauchte es zwei Inu und die Paarung in ihrer Brunstzeit – andernfalls würden die Eigenschaften der Inu nicht vererbt werden.

Fenrir wusste, dass er in dieser einzigartigen Lage eine Entscheidung treffen musste. Aber sein erlittenes Trauma erschwerte es ihm. Seinem Kopf war klar, dass er Nachkommen zeugen musste, aber sein Körper wollte nicht gehorchen. Daran änderte auch die Hitze nichts.

Vielleicht wäre es ihm möglich, würde er sich nur von seinen Instinkten leiten lassen. Es nur als physikalischen Akt sehen, um ein Kind zu zeugen. Aber Fenrirs Verstand hielt ihn auf, bevor es überhaupt zu so einer Situation kommen konnte. Er erlaubte es sich nicht, die Medikamente, die seine eigene Brunstzeit verhinderten, abzusetzen.

Die ursprünglich genutzten Hemmstoffe hatten nur einen Placeboeffekt gehabt. Die Personen, die Hemmer einnahmen, hatten das Gefühl, dass sie wirkten, aber ein großer Teil ihrer Effektivität war der Einbildungskraft der Betroffenen überlassen geblieben.

Fenrir hatte irgendwann begonnen, den Mechanismus der Läufigkeit zu erforschen und zu analysieren. Er hatte Angestellte von Pharmaunternehmen abgeworben und sich daran gemacht, einen Hemmstoff mit einer physiologischen Wirkung herzustellen.

Nach vielen Versuchen hatten sich erste Erfolge gezeigt, sodass er schließlich eine Medikamentenreihe entwickelt hatte, die auch in der klinischen Behandlung eingesetzt werden konnte. Das Mittel, das Fenrir Ran gegeben hatte, war eines davon gewesen. Da die Effektivität unter anderem von der körperlichen Verfassung des Betroffenen abhing, hatte Fenrir nicht sicher sein können, wie wirkungsvoll es tatsächlich sein würde. Allerdings war alles besser gewesen, als gar nichts zu tun.

Die Umstände von Rans Geburt, Erziehung und Familie unterschieden sich beträchtlich von denen anderer Inu. Es war nicht bekannt, wie sehr seine Physiologie als Wolf der der Inu ähnelte. Außerdem war Ran bis zu dem Zeitpunkt überhaupt nicht bewusst gewesen, dass er selbst ein Inu war – oder in seinem Fall ein Wolf.

Es war tatsächlich erstaunlich, dass Ran bis jetzt noch keine weitere Hitze erlebt hatte.

Wann Inu das erste Mal läufig wurden, war sehr individuell. Bei den meisten passierte es jedoch im Alter von zwölf oder dreizehn Jahren. Etwa zur selben Zeit also, in der sich auch beim Menschen die sekundären Geschlechtsmerkmale zu verändern begannen. Der Körper begann sich ab diesem Zeitpunkt umzustellen. Oft dauerte es ein Jahr, doch die Umstände waren nicht immer gleich. In der Zeit erlangte der Körper die Fähigkeit, seine Inu-Gene auch an die nächste Generation weiterzuvererben.

Was bedeutete, dass Ran seine sexuelle Reife noch nicht erreicht hatte, weder als Mensch noch als Inu.

Das hatte Fenrir erfahren, nachdem Ran der Familie öffentlich vorgestellt worden war. Er war ziemlich überrascht gewesen, als er gehört hatte, dass Ran nicht nur Jungfrau gewesen war, sondern sich auch selbst nie gern berührt hatte.

In jenem Moment hatte er seinen Instinkten als Inu so sehr gedankt, wie er sie normalerweise verfluchte. Ihm war klar geworden, dass sich Ran mit Sex noch nicht auskannte. Die Art, wie Ran verlegen, beschämt und gleichzeitig in seiner Lust ertrunken war, hatte eine unfassbar erregende Wirkung auf Fenrir gehabt. Er hatte geradezu Freude dabei empfunden, den unerfahrenen Wolf zu vernaschen.

Erst später war ihm der Gedanke gekommen, dass Rans späte Entwicklung daran liegen könnte, dass er ein Wolf war. Ein Wolf und ein Omega.

Diese Besonderheit war sicherlich auch der Grund dafür, dass so viele andere es auf ihn abgesehen hatten. Nachdem das Haus Saarloos um Hilfe gebeten worden war, hatte Ran Shibuya zum ersten Mal betreten. In jenem Moment war er von der Atmosphäre um ihn herum derart angestachelt worden, dass er unvermittelt in seine Brunstzeit gerutscht war. Mit dem Ergebnis, dass Mitglieder der Kai-Familie ihm aufgelauert hatten.

Und nicht nur die Kai waren auf den Gedanken gekommen, ihn für sich haben zu wollen.

Auch Fenrir, der eigentlich täglich den Hemmstoff einnahm, hatte sich davon nicht freimachen können. Für Alphas war Ran als Omega ein wahr gewordener Traum: Wie eine Delikatesse, nach der es einem, einmal probiert, fortan verlangt. Egal was man kostete, nichts stellte einen mehr zufrieden – so süß schmeckten Alphas die seltenen Omegas.

Auch jetzt, mit Nachlassen der Hitze, erinnerte sich Fenrir noch glasklar daran. Es war, als würde Rans Geruch weiterhin an Fenrirs gesamtem Körper haften.

Ran verströmte immer noch einen betörenden Duft. Nicht jeder konnte den Geruch eines Omegas wahrnehmen – das wurde nur jenen zuteil, die sich während ihrer Läufigkeit mit ihnen paarten. Aus Rans Perspektive verströmte auch Fenrir einen unvergleichlich verführerischen Duft. Den eines Alphas.

Rans Duft gehörte nur Fenrir. Fenrirs Duft gehörte nur Ran. Aber dennoch ...

»Ihr paart euch wirklich nicht?«

Auf die erneute Nachfrage reagierte Fenrir mit einem Schulterzucken. »Bitte fragt das nicht ständig. Wenn Ran das hört, wird es ungemütlich.«

»Wie, ungemütlich? Wieso? Für uns gibt's doch nichts Wichtigeres als die Paarung!«

Jahangirs Worte klangen wie die eines kleinen Kindes, waren im Kern aber nicht von der Hand zu weisen. Wurde man als Inu geboren, hatte die Weitergabe dieser Eigenschaften an die kommende Generation höchste Priorität.

»Je nach Zustand des Clans kannst auch du dich dem nicht entziehen, Fenrir. Für uns ist Ran ein Stern der Hoffnung. Er ist unersetzlich.«

Es kam nicht oft vor, dass Ahmad seine Gedanken derart offen teilte.

»Ganz genau, Ahmad hat vollkommen recht!«

Jahangir war offensichtlich wirklich auf eine Diskussion aus.

Dass sie alle drei heute hier waren, war nur geschehen, weil er Ran entführt hatte. Zum Großteil war es aber auch Ran zu verdanken, dass dieses Vergehen den Salukis und Jahangir vergeben worden war. Für die Inu wäre es ein herber Schlag gewesen, eine der neun herrschenden Familien zu verlieren. Hätten das Familienoberhaupt der Saarloos, Fenrir, und der Nachkomme der ausgestorben geglaubten Wölfe, Ran, nicht Nachsicht gezeigt, hätte die Zukunft aller auf dem Spiel gestanden.

Gleiches galt für die Zukunft der Afghanischen Windhunde. Sie waren nicht direkt involviert gewesen, standen durch ihre Blutsbande jedoch in enger Beziehung zu den Saluki.

Ran hatte nicht nur vergeben. Er hatte Jahangir und Ahmad auch erlaubt, Fenrir wieder wie zu Kindertagen zu besuchen.

Einer der Gründe dafür war natürlich gewesen, dass sich Jahangir als Fenrirs Laufbursche zur Verfügung gestellt hatte. Aber auch darüber hinaus akzeptierte Ran die Anwesenheit der beiden.

Um sich an das Leben als Inu zu gewöhnen, war es ungemein wichtig für Ran, Gleichaltrige um sich zu haben. Darüber hinaus kannten sie Fenrirs Vergangenheit. Ran zog daraus ebenfalls Vorteile.

Ahmad hatte anfangs nicht viel von Ran gehalten. Ohne ihn persönlich zu kennen, war er rasend vor Wut gewesen, dass dieser Junge Fenrirs Partner sein sollte. Doch nachdem Ran Jahangir vergeben hatte, hatte er seine Meinung geändert.

Bisher hatte es für Ahmad nur zwei wichtige Personen auf der Welt gegeben. Eine davon war Jahangir – Ahmads Zwilling im Geiste. Die Beziehung zwischen ihnen war viel mehr als eine lose Blutsverwandtschaft. Selbst wenn man sie trennte, würden sie einander nicht aufgeben. Nicht dass er vorhatte, Jahangir je loszulassen.

Die andere war Fenrir. Dafür war keine weitere Erklärung notwendig.

In dieser ausweglosen Situation, in der ihre Lebenswege sich getrennt hatten, war es Ran zu verdanken, dass ihre Verbindung wieder auflebte. Dass er jetzt hier saß und ein von Fenrir zubereitetes Frühstück genoss. Wie in ihren Kindertagen.

So kam es, dass nun auch Ran – indem er die beiden wichtigsten Menschen in Ahmads Leben durch seine Nachsicht gerettet hatte – dieselbe wichtige Bedeutung für Ahmad hatte.

Zwar gefiel es ihm nicht, dass Fenrir sich mit einem Fremden paaren, geschweige denn irgendjemanden heiraten sollte. Doch Fenrir hatte klargestellt, dass Ran die einzige Person war, mit der er sich diesen traditionellen Fesseln unterwerfen würde. Zwei von nun drei wichtigen Menschen in Ahmads Leben würden somit eins werden. Als er diese wunderbaren Neuigkeiten von Jahangir erfahren hatte, hatte er vor Freude Luftsprünge gemacht.

Als er Ran zum ersten Mal getroffen hatte, war er so bewegt gewesen, dass er ihn am liebsten fest in die Arme genommen hätte. Er hatte sich enorm zusammenreißen müssen, es nicht zu tun. Wie heute war er auch damals liebenswürdig und aufrichtig gewesen und hatte Jahangirs frecher Art die Stirn geboten. Gleichzeitig war er damit beschäftigt gewesen, vor Fenrir Stärke zu zeigen. Natürlich hatte Fenrir diese Person lieb gewinnen müssen, hatte Ahmad sich gedacht.

Durch sein Erscheinungsbild wirkte Fenrir auf die meisten Menschen eher kühl und unnahbar. Derselbe Fenrir war Ran gegenüber allerdings ausgesprochen sanft. Er flirtete mit ihm vor den Augen anderer, ohne sich um die Blicke zu scheren. Diese intimen Augenblicke der beiden hatten Ahmad schon früh davon überzeugt, dass sie gemeinsame Kinder zeugen würden.

Ahmad selbst kam mit Kindern nicht gut klar. Doch für Rans und Fenrirs Nachwuchs würde er ein guter Onkel sein. Er sehnte diesen Tag geradezu herbei.

»Wenn ihr euch nicht paart, wird auch nicht passieren, was passieren könnte.«

Ahmad nickte heftig. »Wenn du keine Absicht hast, dich mit ihm zu paaren, biete ich mich an.«

»Ich mich auch«, warf auch Jahangir ein.

»Wie bitte?!«

»Was guckst du denn so? Wir beide sind ebenfalls Alphas. Wir stehen zwar nicht auf der gleichen Stufe wie das Haus Saarloos, sind aber beide die zukünftigen Oberhäupter unserer eigenen Familien.«

»Das habe ich nicht vergessen. Ich habe nur noch nie darüber nachgedacht, dass ihr Ran dafür in Betracht ziehen könntet.«

»Tun wir auch nicht.«

Ahmad bestätigte Jahangirs Worte mit einem Nicken.

»Aber?«

»Aber wenn du keine Kinder mit Ran zeugen möchtest, wäre das eine solche Verschwendung des kleinen Wolfes, dass wir uns gerne zur Verfügung stellen.«

Wieder nickte Ahmad nachdrücklich.

»Ich sage nicht, dass ich nie Kinder zeugen will.«

»Warum paart ihr euch nicht?«

»Nun ja ...«

»Wenn es einen Grund gibt, dann sag ihn uns. Wir hören dir zu und schauen dann, ob wir ihn akzeptieren können oder nicht.«

Fenrir verschluckte sich fast an seinen eigenen Worten. »Wegen Ran«, bekam er hervor. Ihm war klar, dass er die beiden nicht würde anschwindeln können. Immerhin hatte er sie selbst großgezogen.

»Hat es damit zu tun, dass ihr warten wollt, bis ihr als Männer innerhalb des Clans heiraten könnt?«

»Darüber habe ich noch mal nachgedacht, und dafür sollten wir uns tatsächlich etwas Zeit nehmen.«

»Aber das ist nicht der Hauptgrund? Was ist es dann?«

Fenrir sprach aus, was alle Anwesenden bereits wussten. »Ran hat gerade erst seine erste Hitze erlebt.«

»Ja, und?«

»Sie ist noch nicht abgeklungen, der Effekt der Medikamente zeigt sich gerade einmal seit wenigen Tagen. Wenn ich mich ihm in diesem Zustand nähere, wecke ich quasi schlafende Hunde wieder auf.«

»Und was soll daran schlecht sein? Ist doch prima. Ihr wisst, was ihr fühlt. Ran hat selbst gesagt, dass er dein Kind bekommen möchte. Wo ist das Problem, wenn die Wirkung der Medikamente aufhört und ihr entsprechend handelt? Ahmad, kapierst du das?«

»Nö.«

Fenrir seufzte leise, als er ihr Unverständnis und Stirnrunzeln sah. »Ran lernt gerade erst die Welt der Inu kennen, er ist mit ihr überhaupt nicht vertraut. Wenn er als Mann dann noch schwanger wird, was glaubt ihr, was passieren würde? Er ist bereits verunsichert, und so käme direkt noch eine weitere Unsicherheit dazu, meint ihr nicht?«

»Hä ... Wir meinen gar nichts.« Jahangir zuckte mit den Schultern. »Dass es ihn verunsichert, ist uns auch klar. Hat er uns ja auch gesagt.«

Ahmad nickte.

»Wann war das?«

»Als du mal wegen der Arbeit weg warst. Vermutlich weißt du das gar nicht: Wir treffen uns auch öfter zu dritt.«

»Seit wann ...?« Fenrir war verwirrt. Er freute sich, dass

seine beiden Quasi-Brüder und sein Liebhaber sich gut verstanden. Ihm war nur nicht klar gewesen, dass sie sich ohne sein Wissen miteinander trafen. »Ihr hättet mich ruhig hin und wieder dazu einladen können.«

»Ich sagte doch schon, du warst arbeiten. Wir treffen uns ja nicht heimlich, während du zu Hause rumhockst. Überleg doch mal. Ist es schon mal vorgekommen, dass du zu Hause warst, und Ran nicht?«

»Nein.«

»Siehst du? Du hast für Ran oberste Priorität. Ihr seid ja noch kein altes Ehepaar, sondern ganz frisch zusammen. Wieso sollte er da, wenn du schon mal daheim bist, ausgehen und sich mit uns treffen wollen? Vertrau dem Wolf mal ein bisschen.«

»Das tue ich!«

»Warum paarst du dich dann nicht mit ihm, wenn wir dir doch sagen, dass er damit klarkommt?«

Damit kehrte die Unterhaltung zurück zu ihrem Ursprung.

»Du hast vorhin von Verunsicherung gesprochen, aber hat Ran dir das auch nur einmal so direkt gesagt?«

Fenrir wollte erst antworten, schloss dann aber resigniert den Mund. Tatsächlich hatte Ran es ihm gegenüber nie ausgesprochen.

Ran hatte den Eindruck gemacht, Fenrir irgendetwas mitteilen zu wollen, und Fenrir hatte daraus seine eigenen Schlüsse gezogen.

Vermutlich ging es schneller, einfach ehrlich zu fragen, und so warf Fenrir seinen Stolz über Bord. »Es ist mir unangenehm, das zu fragen, aber hat Ran euch gegenüber irgendwas davon erwähnt?«

Die jungen Männer blickten sich erstaunt an. Jahangir und Ahmad waren von diesem verunsicherten Fenrir völlig verblüfft.

Mit einem Lachen wandten sie sich Fenrir zu. Das Einzige, was sie ihm sagten, war: »Das ist geheim.«

»Nach den ganzen Andeutungen ist es auf einmal geheim?«

»Wir haben dir schon so viele Hinweise gegeben, den Rest schaffst du allein.«

»Erbärmlich, haha.« Der gemurmelte Kommentar kam von Ahmad und traf Fenrir ziemlich direkt.

»Na ja, erbärmlich würde ich nicht sagen. Fenrir ist einfach zaghaft, was Ran betrifft. Aber Zärtlichkeit allein reicht eben nicht. Ganz im Gegenteil, wenn du zu sehr herumschwänzelst, macht das Leute wie uns, die so was nicht gewöhnt sind, eher unruhig.«

»Wie uns?«

»Genau, wie uns. Andere Inu«, stellte Jahangir klar. »Außerdem hat der Hemmstoff kaum eine Wirkung, wenn man gerade erst am Anfang der Läufigkeit steht.«

»Im Ernst?«, fragte Fenrir lauter als gewollt.

»Hattest du in den letzten Jahren denn den Eindruck, dass es wirkt? Das hat doch sowieso nur Sinn, wenn man es nimmt, bevor es losgeht.«

»Du siehst das auch so, Ahmad?«

Ahmad nickte die ganze Zeit zustimmend mit dem Kopf auf und ab.

Für Fenrir kam diese Erkenntnis völlig unerwartet. »Aber wenn es nicht wirkt, wie habt ihr das dann damals gemacht?«

Jahangir und Ahmad lachten diesmal noch lauter, aber eine Antwort blieben sie Fenrir schuldig. Alle weiteren Details würden Fenrir, der für sie gleichzeitig Eltern- und Bruderersatz war, wohl eher unangenehm sein.

»Jetzt geht es doch erst mal um unseren Ran«, brachte Jahangir das Gespräch zurück zum eigentlichen Thema.

»Wir wissen, dass dir Ran viel bedeutet«, fügte Ahmad hinzu. »Wir wollen auch, dass ihr zusammen glücklich werdet. Bevor du also irgendetwas tust, was du hinterher nicht mehr ändern kannst, solltest du vorher mit Ran sprechen.« Da Ahmad normalerweise so still war, trafen seine seltenen Einwürfe Fenrir besonders. »Du bist zu kopfgesteuert und manchmal ein bisschen zu vernünftig, Fenrir.«

»Ahmad ...«

»Du musst nicht alles allein tragen, nur weil du meinst, das sei erwachsen. Du hast für den Clan und für uns schon immer bis zur Erschöpfung gearbeitet. Niemand wird sich beschweren, wenn du jetzt etwas kürzertrittst. Ah, wobei! Varnagand wird sicher ein paar Worte dazu zu sagen haben.«

Es war gewagt von ihm, Varnagands Namen ins Spiel zu bringen. Mittlerweile konnte man ihn zwar als Fenrirs Stellvertreter bezeichnen, aber in Jahangirs Kindheit war das Verhältnis der beiden ziemlich verworren gewesen. Er hatte so sehr an Fenrir als nächstem König festgehalten, dass er dadurch allerlei Ärger verursacht hatte. Fenrir war sich sicher, dass er Varnagand auch dann nicht loswerden würde, wenn er ihn absichtlich ignorierte. Er würde ihm immer wie ein Schatten folgen.

»Aber sogar der wünscht sich, dass du glücklich wirst.«

Jahangir hatte in jeder Hinsicht recht. Bisher hatte Fenrir sich nur selbst mit allen möglichen Gründen herausgeredet.

Weil Ran verunsichert war.

Weil er es Ran nicht zumuten konnte.

Weil sich Rans Hitze noch nicht stabilisiert hatte.

Ran, Ran, Ran. Immer wieder hatte er die Verantwortung von sich geschoben.

Die Wahrheit war: Fenrir wollte so dringend mit Ran schlafen, dass ihm von dem Gedanken allein beinahe schwindelig wurde. Und er fürchtete sich davor, wie tief sein Begehren reichte. Nachdem das erste Mal mit Ran derart aufregend und verzehrend gewesen war, war es jetzt Fenrir, der den nächsten Schritt scheute.

»Ran hat mich doch nicht satt, oder?«

Kaum hatte Fenrir seine Verunsicherung ausgesprochen, schauten Jahangir und Ahmad zur Schlafzimmertür.

»Viellcicht solltest du ihn das lieber selbst fragen. Wir gehen dann mal.«

»Mit dem Ohr an der Tür sollte er das meiste ohnehin schon mitbekommen haben.«

»Was?«

* * *

Nachdem er die Tür hinter seinen lebhaften kleinen Brüdern geschlossen hatte, atmete Fenrir kurz durch und ging dann zum Schlafzimmer. Bevor er den Raum betrat, hielt er inne, weil er Rans Duft wahrnahm.

Es war, wie Jahangir gesagt hatte.

Seit wann stand Ran schon dort?

Bei der Vorstellung, dass Ran ihnen zugehört hatte, schnürte sich Fenrirs Brust zu.

»Ran ...«

Er legte alle ihm mögliche Sanftheit in diesen Namen, der ihm so viel bedeutete. Dann öffnete er die Tür.

Nachwort

»Der König der Inu« ist für mich ein eher ungewöhnliches Werk, da mir das Setting, der Inhalt und der Titel fast gleichzeitig eingefallen sind. Ich hatte große Schwierigkeiten mit dem ersten Teil der Geschichte, aber als ich das überwunden hatte, wurde es eine Geschichte, die sich locker schreiben ließ. Eine, in der jede Figur für sich selbst spricht, auch jene, die nicht zu den Hauptfiguren zählen. Das war mir wichtig.

Als Kind wurde ich durch einen Bildband über Hunde, den mein Vater mir gekauft hatte, zum ersten Mal auf die Rasse Afghanischer Windhund aufmerksam. Damals beschloss ich, dass es auf jeden Fall ein Afghanischer Windhund sein würde, wenn ich jemals einen Hund haben sollte. Aber tatsächlich war der erste Hund, der mit mir nach Hause kam, ein Zwergspitz. Der nächste war wieder ein Zwergspitz. Dann ein Zwergpudel. Der Hund, den wir jetzt haben, ist ebenfalls ein Zwergpudel, aber einer der größeren Sorte. Mein Traum, einen Afghanischen Windhund oder einen großen Hund zu besitzen, hat sich nicht erfüllt, aber ich habe in dieser Welt und meiner Arbeit an »König der Inu« viele verschiedene Rassen quasi erleben können.

Kuz Kuroda war für die Illustrationen verantwortlich. Als die Idee zum Werk feststand, wollte ich unbedingt Kuz Kuroda bitten, die Illustrationen dazu zu machen!

Ich bin sehr froh, dass du die Welt meines Werkes so lebendig und brillant darstellen konntest. Vielen Dank, dass du dir in deinem vollen Terminkalender Zeit genommen hast, um diese wunderbaren Bilder anzufertigen.

Ich möchte mich auch bei meinem verantwortlichen Redakteur und dem Redaktionsteam von White Heart für ihre Hilfe und Unterstützung bedanken. Danke, dass ihr mir immer einen Ausweg zeigt, wenn ich im Labyrinth meiner Ideen verschwinde. Ich freue mich darauf, in Zukunft weiter mit euch zu arbeiten. Herzlichen Dank!

Zu guter Letzt möchte ich die Leserinnen und Leser grüßen, die ein Exemplar von »Der König der Inu« erworben haben.

Ich hoffe, dass euch dieses Werk, das sich deutlich von meiner vorherigen »Kasumigaseki«-Serie unterscheidet, gefallen hat. Es würde mich freuen, wenn es euch auch nur ein bisschen zugesagt hat. Ich hoffe, ich kann noch länger über diese faszinierende Welt der Inu schreiben!

Jinko Fuyuno, 2021

Kleiner Steckbrief zu Jinko Fuyuno

Ich wurde am 10. Oktober geboren, mein Sternzeichen ist
Waage und ich habe Blutgruppe A.
Ich lebe ein fröhliches Leben mit meinem Hund!
Seit über zehn Jahren spiele ich die Erhu (chinesische Vio-
line). Ich fange oft spät nachts an zu kochen. Außerdem
habe ich mit einem Freund angefangen, Ingwersirup selbst
zu machen, und wir werden darin jedes Mal etwas besser.

König
der Inu

BL-ROMANE BEI HAYABUSA

My Beautiful Man *von Yuu Nagira*

Der introvertierte Hira hat keine Freunde und ist in seiner Sch
klasse Außenseiter. Doch dann verliebt er sich ausgerechne
den charismatischen und attraktiven »Klassenkönig« Kiyoi,
ihn mit seiner unbeschwerten Art in seinen Bann gezogen hat
der Hoffnung, dass Sou seine Anwesenheit bemerkt, dient H
ihm hingebungsvoll. Doch sein Glaube an den absoluten Mon
chen weicht allmählich der Lust...

My Hateful Man *von Yuu Nagira*

Nach vielen Höhen und Tiefen sind Kazunari und Sou endlich
ein Paar und leben zusammen. Während Kazunari beginnt, als
Assistent eines renommierten Fotografen zu arbeiten, wird Sou
als vielversprechender Nachwuchsschauspieler gehandelt. Um
Sous Karriere nicht zu gefährden, beginnt Kazunari, zu ihm auf
Distanz zu gehen – schließlich ist er sein größter Fan! Aber ist
das wirklich das, was Sou will?

My Troubled Man *von Yuu Nagira*

Sou ist mittlerweile einer der begehrtesten Jungschauspie
des Landes. Als er an einem Projekt seines Lieblingsregisse
mitwirken darf, erfährt er, dass sein Aussehen der Rolle im W
steht. Kurzerhand nimmt er 20 kg zu und verändert sich ko
plett! Da er nicht möchte, dass sein geliebter Kazunari ihn
sieht, zieht er aus der gemeinsamen Wohnung aus. Ob Kazun
das so einfach akzeptiert...?

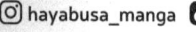 

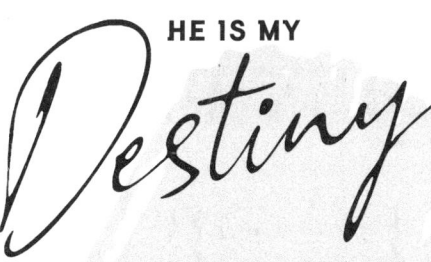

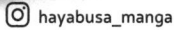

HAYABUSA

2025 Carlsen Verlag GmbH · Völckersstraße 14-20 · 22765 Hamburg

Aus dem Japanischen von Cheyenne Dreißigacker

© 2021 Jinko Fuyuno / Kuz Kuroda. All rights reserved. Published in Japan in 2021 by KODANSHA LTD., Tokyo. Publication rights for this German edition arranged through KODANSHA LTD., Tokyo

Textbearbeitung: Anne C. Pätzold

Redaktion: Lisa Duty

Herstellung: Maria Niemann

Covergestaltung: Sonnenfisch Production – Laura Bartels

Alle deutschen Rechte vorbehalten

Wir behalten uns die Nutzung unserer Inhalte für Text und Data Mining im Sinne von § 44b UrhG ausdrücklich vor.

ISBN: 978-3-551—62484-0

FOLLOW THE FALCON

www.hayabusa-manga.de

www.carlsen.de

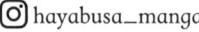 hayabusa_manga

MIX
Papier | Fördert
gute Waldnutzung
FSC
www.fsc.org   FSC® C083411

Wir produzieren
nachhaltig
· Klimaneutrales Produkt
· Papiere aus nachhaltigen
  und kontrollierten Quellen
· Hergestellt in Europa